U0138261

《中华文物详鉴》丛书

明清家具

·上卷·

刘建龙 著

上海人民美术出版社

图书在版编目（CIP）数据

明清家具／刘建龙著．－上海：上海人民美术出版社，
2005
（中华文物详鉴丛书）
ISBN 7-5322-4251-X

Ⅰ.明... Ⅱ.①王...②刘... Ⅲ.家具－鉴赏－中国－明
清时代 Ⅳ.TS666.204

中国版本图书馆 CIP 数据核字(2004) 第 131251 号

《中华文物详鉴》丛书·明清家具

刘建龙 著

责任编辑	张琳海	
美术指导	李鸿飞	
装帧设计	丁 强 康晓光 赵 葳	
策划编辑	孙左满	
出 版	上海人民美术出版社	
社 址	上海市长乐路 672 弄 33 号	
印 制	北京雅昌彩色印刷有限公司	
开 本	787 × 1092 毫米 1/16	
印 张	10	
版 次	2004 年 12 月第一版	
印 次	2004 年 12 月第一次印刷	
印 数	0001-5000	
书 号	ISBN 7-5322-4251-X/J.3873	
定 价	98.00 元	

前　言

　　我国家具有着悠久的历史和优良的传统。在明中期以后的一百来年中，明代家具的质和量都达到了高峰。流传下来的许多精美的明制硬木家具，明晚期的制品估计要占比较大的比重。目前在区分明清家具样式的时候，大概可分为"明式"、"清式"两个术语，和"广式"、"苏式"、"京式"术语一样，适合于概括一种家具的艺术风格，读者应加以注意。

　　明式家具的风格特点，主要表现在以下几个方面：品种丰富；选料讲究；造型稳重、大方；比例尺寸合理，轮廓简练舒展。

　　明式家具保留至今的，主要是凳椅类、几案类、橱柜类、床榻类、台架类等，几乎囊括了生活中一切家具器物，拥有中国古典家具最完备的器物类型。

　　在明式家具中，以硬木家具最富有艺术成就，多用花梨、紫檀、鸡翅木、铁梨等硬木，也采用楠木、樟木、胡桃木、榆木及其它硬杂木。硬木是比较珍贵的木料，所以家具用料的横断面制作很小。为此，造型也就显得线型简练、挺拔和轻巧。

　　明式家具制作工艺精细合理，全部以精密巧妙的榫卯结合部件，坚实牢固，能适应冷热干湿变化。家具造型的突出特点是侧角十分明显，在视觉上给人以稳重感。一件长条凳，四条腿都向四角的方向叉出。常用金属作辅助构件，以增强使用功能。由于这些金属饰件大都有着各自的艺术造型，因而又是一种独特的装饰手法。不仅对家具起到进一步的加固作用，同时也为家具增色生辉。

　　明式家具分为两种艺术类型：简练型和浓华型。

　　简练型装饰以线脚和素面为主，局部饰以小面积浮雕或透雕，以繁衬简，朴素而不简陋，精美而不繁缛。浓华型家具装饰与简练型装饰不同，它们大多都有精美繁缛的雕刻花纹或用小构件攒接成大面积的棂门和围子等。浓华的效果是雕刻虽多，但做工极精，攒接虽繁，极富规律性，整体效果气韵生动，给人以豪华浓丽的富贵气象，而没有丝毫繁琐的感觉。

　　清式家具，一部分继承明代的式样，如几、案、桌、椅、凳在这时还始终流传、制做和使用着。同时又发展出新的作法、新的造型和新的装饰，成为清代的式样。

　　清代家具可分为清初、乾隆、嘉道、晚清四个时期。凡木质和做工接近明代的，列为清初；凡制作新颖、质美工精的都称乾隆制品；凡制作近似乾隆，但工料不够精良的，则认为是嘉庆、道光制品；同治大婚时所制一批以雕刻肿鼻子龙装饰为特点的桌、案、几、椅、凳、床、柜等，和光绪时市上流行的大批进入颐和园的造型更为拙劣的家具，则是晚清制品。

总之，清代的家具和其它工艺美术品具有同样规律和命运，发展到乾隆时期出现高峰以后就逐渐下降。因此应该说，康熙、雍正、乾隆三朝是生产清代家具的主要时期，其中乾隆时期的制品最能代表清式。

清代家具多结合厅堂、卧室、书斋等不同居室进行设计，分类详尽，功能明确。其主要特征是，造型庄重，雕饰繁重，体量宽大，气度宏伟，脱离了宋、明以来家具秀丽实用的淳朴气质，形成了清式家具的风格。清代家具的主料木材，选料极为精细，表里如一，无节，无伤，完整得无一瑕疵。硬木家具的部件和零部件，如抽屉板、桌底板及穿带等，所用的木料都是硬木。清式家具的样式也比明朝繁多。

清式家具在造型上与明式家具的风格截然不同，主要表现在造型厚重上，家具的总体尺寸比明式家具要宽、要大，与此相应，局部尺寸、部件用料也随之加大。比如清代的太师椅、三屏式的靠背、牙条、腿步等协调一致，造成非常稳定、浑厚的气势。这是清式家具的典型代表。

明清时代除了宫廷和城市居民的家具外，乡村民间所用家具也极具特点，乡村以软性木料——多为柴木，它的工艺与宫廷、富贵人家的硬木家具相比有着不同的风格，山西家具具有浑厚古朴的庄重气派，广东家具时髦但无轻浮的西洋风格，而江浙一带的木雕的家具丰富多彩。乡村家具虽然不能像宫廷家具那样常常能传达出一种神秘、庄严、典雅的气息，又缺少文人家具空灵、灵动的意境，但民间古家具将风俗人情融入家具制作中，极大地丰富了民间家具的造型和装饰，具有一种特殊的亲切感。清代家具主要分为：1.凳椅类，包括不同类型的坐具。其主要品种有机凳、坐墩、交杌、长凳、靠背椅、扶手椅、圈椅、交椅、宝座等。2.桌案类，包括炕桌、炕几、茶几、酒桌、方桌、圆桌、条桌、条案、架几案、画桌、画案、书桌等。3.床榻类，包括榻、罗汉床、架子床、拔步床等。4.柜架类，包括架格、圆角柜、方角柜、亮格柜等。

判断中国古代家具的制做年代，应该从以下几点考虑。

首先是纹饰。凡是带有纹饰的家具，基本都能反映当时社会流行的时尚。因此，从纹饰上判断家具的制作年代，是最重要的。

其次是做工。做工的手法自明至清有一个清晰的演变过程，如果弄清这一规律，把做工手法简化成一个个符号，以其符号的出现作为判断的依据，无疑会对家具判断制作年代提供参考依据。但须说明的是，这个依据对做工复杂的家具往往灵验，而对做工简单的则须要格外小心。

再有是材质。材质在判断乡村家具产地及年代时起一定作用。以苏做家具为例，几乎不见完全明式做工的红木家具，在黄花梨木清初告缺以后，红木的进口显然没有跟上，而苏州工匠又不可能停止生产，所以大量的明式风格的苏做家具是以当地优良木材——榉木制作的，而榉木的明式家具多数又与正宗的黄花梨木的明式家具有着微妙的差异，细心观察即可辨出。

攒板靠背弧形外倾，背板开光，分作椭圆环形和方形，下部锼出亮角。

素混面攒框，落膛硬屉坐面，面下束腰。

简化的拐子搭扶，方材素面。

方材直腿，腿足内翻，腿间安四面平底枨。

解 析

　　这对扶手椅子，由精美老鸡翅木制成，造型简洁素朴，风格庄重沉稳，椅子各部分结构以直方为主，逢折角做内外圆。制作水平很高，成对保存，极为完美。

　　在鸡翅木所做的家具中，所见可以分作新老两种。传统所记载老鸡翅木产于海南岛，又称"相思木"（因子实为相思豆而得名），属红豆属树种，老鸡翅木材质致密，紫褐色深浅相间纹，尤其是纵切而微斜的剖面，纤细浮动，给人以羽毛灿烂闪耀的感觉。清代中期以后在家具中老鸡翅木就十分罕见了。新鸡翅木自清代中期以来，至今仍在使用，新鸡翅木也是红豆属树种，但其木质不如老鸡翅木，其木质粗糙，紫黑相间，纹理往往混浊不清，僵直无旋转之势，且木丝容易翘裂起茬。

1

简介

老鸡翅木拐子扶手椅

朝　　代：清中期
尺　　寸：高82厘米
估　　价：人民币3万元－5.5万元
成 交 价：人民币5.5万元
拍卖公司：中国嘉德
拍卖日期：1998年10月28日

坐围子采用攒框和活榫拼接，使椅子背垂直，这是明式风格向清式风格过渡转化的特征。

卷书式搭脑高出椅背。

坐面素混面，上下起阳线，坐心为软藤屉。

窗棂灯笼锦式样。

四腿微微外拐。

解　析

　　此对扶手椅是典型的苏做家具，通体使用圆材，乌木材质。靠背、扶手仿窗棂灯笼锦式样，靠背三屏，左右扶手各两屏，共七屏。卷书式搭脑高出椅背，坐板下安罗锅枨加矮老，足端安四面平管脚枨，下安牙条，各种部件相交处均为挖圆做。坐围子采用攒框和活榫拼接，椅子整体圆润、空灵、自然，是明式家具向清式家具的过渡转化风格。北京故宫博物院有一对与此椅造型相同的藏品。

　　古代的乌木概念众说纷纭，很难使人得出一个清晰明确的概念。现代植物学分类，把柿树科常绿大乔木中的几个树种木材归为乌木，其产于中国海南、云南等地，木质坚实如铁，老者为纯黑色，抛光后光亮如漆。从传世家具来看，与紫檀相似，但更加细密，时间久了裂纹很多，这与古人评价此种木材"性脆"的说法相吻合。明清传世家具中，乌木制品多是小件，大件极为罕见，说明当时选用这种木材制作家具并不流行。

2

乌木七屏风式扶手椅

简介

朝　　代: 清中期
尺　　寸: 81.5厘米
估　　价: 人民币18万元－28万元
成 交 价: 人民币16.5万元
拍卖公司: 中国嘉德
拍卖日期: 1998年10月28日

椅子背卷书式搭脑。

靠背为平素实板。

硬板平装坐面。

拐子纹攒框。

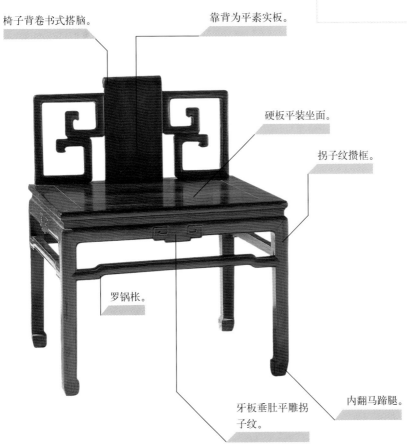

罗锅枨。

牙板垂肚平雕拐子纹。

内翻马蹄腿。

解 析

　　此椅面宽大，直背，可盘膝而坐，故称"禅椅"。紫檀家具多尚雕饰，此椅造型简练，装饰无华，强调空间比例的深纵宽拓，为清代乾隆时期典型的装饰组合。禅椅存世稀少，紫檀所制更是罕见，目前这对椅子是仅见传世品，十分难得。

简介 紫檀禅椅

朝　　代：清中期
尺　　寸：84 × 67 × 60 厘米
估　　价：人民币 36 万元 － 46 万元
成 交 价：人民币 39.6 万元
拍卖公司：中国嘉德
拍卖日期：2003 年 11 月 26 日

直杆搭脑。

透雕花鸟纹靠背板。

素混面攒框落膛硬屉坐面,有小束腰。

垂肚牙板光素宽大。

解 析

　　这对太师椅通体以黄花梨制作,这在同类器物中是不多见的。此椅的特点在于椅盘以下,敦实、简洁,素混面攒框落膛硬屉坐面,素方腿、素牙板、素横枨,除了椅盘下装一小束腰外,没有任何装饰。椅盘以上部分则做工细腻、繁复,透雕花鸟纹靠背板体量较大,刀法纯熟,刻制精细。靠背和扶手的边框曲线优美自然,以走马销相连,拆装方便,便于搬运。

简介

黄花梨雕花鸟纹太师椅

朝　　代:清中期
尺　　寸:62 × 47 × 108 厘米
估　　价:人民币1.6万元－2.6万元
成 交 价:
拍卖公司:太平洋
拍卖日期:2003 年 7 月 9 日

高靠背低扶手，是这种椅子的特点之一。

椅子的靠背透雕盘枝纹，搭脑中部雕饰一蝙蝠，寓意"福寿绵延"。

落膛硬屉坐面，坐面前缘中部内收，也是这种椅子的特点之一。

三弯腿虎爪足，坐椅的体态显得厚重、敦实、富贵，从而突出主人的气魄。

解　析

　　这套适合陈设于宽大厅堂之中的太师椅及几子，两椅一几为一组，共两组。无论是榫法、纹饰，还是做工都具有典型的清代晚期苏州家具特点。椅子的扶手、搭脑、靠背，以及几子的牙条为透雕盘枝纹，搭脑中部雕饰一蝙蝠，寓意"福寿绵延"，靠背正中洼堂减地平雕团龙纹。椅下半部为三弯腿虎爪足。几子风格与四椅统一，只是在四足间镶一屉板，栏格成四块，配以透雕盘枝纹装饰。这种民间使用器物能够成套传世，保存完好，十分难得。

5

简介　红木太师椅几

朝　　代：清
尺　　寸：100厘米（椅）
估　　价：人民币6万元－8万元
成 交 价：人民币9.68万元
拍卖公司：中国嘉德
拍卖日期：2000年11月6日

搭脑为卷书式。

五屏风式，中间椅子背高高凸起。

椅背攒框上镶紫檀浮雕海水龙纹心板。

坐面下有束腰。

直腿，内翻马蹄足。

解析

　　该椅为五屏风式，中间椅子背凸起，搭脑为卷书式，攒框上镶紫檀浮雕海水龙纹心板，中间镶有瘿木高浮雕山水人物心板，下部留有亮脚。其余依次递减，呈台阶状，内装券口也随外形而做。牙板壶门采用方形花牙，做工讲究，管脚枨四面等高，稳定性能良好。此椅扶手以走马销连接，拆卸方便自如。尤其靠背板心采用分色做法，紫檀的乌黑凝重与瘿木的棕黄形成反差。背板高浮雕人物，在家具中极为少见。雕工采用玉器减地雕法，地子极平，纹饰凸起，醒目突出。此椅四具一套，保存完好，殊为难得。曾是"清水山房"藏品。

6

简介 紫檀嵌瘿木扶手椅

朝　　代：清
尺　　寸：98.5×65.5×50厘米
估　　价：人民币 40万元－60万元
成 交 价：人民币38.5万元
拍卖公司：中国嘉德
拍卖日期：1995年10月9日

云石图案分别近似于"山"和"水"。

透雕镶螺钿结绳纹椅背框。

云石坐面在椅具中极为少见。

内翻回纹马蹄足。

小石平脚枨。

嵌螺钿牙板。

解 析

这是一对清末广式螺钿太师椅，椅子由方机形椅盘和靠背、扶手组成。椅子的坐面为攒框装云石，其下装有小束腰，直牙方腿，足部阴刻回纹，四腿由横枨相连，看面横枨下装角牙。椅盘以上攒框镂成结绳图案，圆形开光镶云石靠背，两只椅子的云石图案分别近似"山"和"水"。椅子的靠背、扶手、看面牙板，均镶嵌螺钿花纹，极具装饰趣味。

简介

硬木嵌螺钿太师椅

朝　　代：清
尺　　寸：66 × 49 × 100 厘米
估　　价：人民币 1.2 万元 −2.5 万元
成 交 价：人民币 1.54 万元
拍卖公司：天津国拍
拍卖日期：2001 年 11 月 3 日

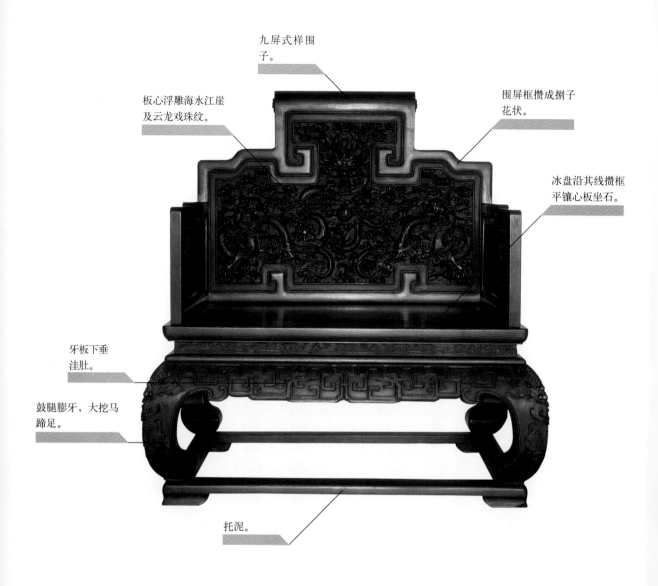

九屏式样围子。

板心浮雕海水江崖及云龙戏珠纹。

围屏框攒成捌子花状。

冰盘沿其线攒框平镶心板坐石。

牙板下垂洼肚。

鼓腿膨牙，大挖马蹄足。

托泥。

解 析

这件宝座为九屏式样，围子攒框装板，板心浮雕海水江崖及云龙戏珠纹，后背三龙，扶手各两龙。卷书式搭脑向后翻卷，攒框平镶坐面，下设高束腰，有托腮承托。鼓腿膨牙，牙板下垂洼肚，大挖马蹄足向内紧收，足下设托泥。束腰和牙板浮雕拐子纹饰，腿子的肩部雕饰兽头。接近此类形制的宝座在故宫博物院还有收藏，可资比较。

8

简 介

紫檀云龙纹宝座

朝　　代：清
尺　　寸：90 × 62 × 105 厘米
估　　价：人民币 14 万元 –16 万元
成 交 价：
拍卖公司：深圳艺拍
拍卖日期：2003 年 12 月 28 日

搭脑外撇。

靠背为精致细腻的玉佩纹雕饰，儒雅脱俗。

牙条正中垂注堂肚。

束腰上下起线。

四平托泥。

解 析

　　此宝座虽然是当代作品，却承袭了清代宫廷风格，保留了宝座的基本形态。背围子和侧围子为五屏式，靠背三屏以拐子攒接三块精致细腻的玉佩纹雕饰，各扇围屏之间、围屏与底座之间均以走马销活插，可拆成六个部件。此件作品在彰显宝座庄严气势的同时，匠心独具，工艺精湛，可见是作者多年来研究清代宫廷家具的心得之作。

简 介

紫檀雕玉璧纹大宝座

朝　　代：现代
尺　　寸：106 × 102 × 78 厘米
估　　价：人民币 30 万元 − 40 万元
成 交 价：人民币 33 万元
拍卖公司：中国嘉德
拍卖日期：2004 年 5 月 17 日

直栏式椅背、扶手，形似木梳，上部装有双环卡子花。

玫瑰椅在明式家具椅类中属矮式坐具，又称"文椅"，是苏式扶手椅中一种常见的品种。灵秀是其特点，其形制上最鲜明突出之处也是体现在扶手上。它不仅没有在中间配以联帮棍，而且采用和椅面相平行的横档来连接前面的鹅脖和椅子的后足，横档下常嵌有矮柱或结子。玫瑰椅靠背和扶手都同椅面垂直做，用材多取平直圆材，尺寸不大，形体精巧，使用轻便，常常能给人以简约雅致的审美情趣。加上靠背比扶手高出不多，很适宜临窗放置，尤其适合在旧时几净窗明的书斋或庭园的轩馆别院之中使用。玫瑰椅的渊源可直接追溯到宋代，与宋制椅子几乎一脉相承，它再一次证明苏式家具中不少品种和形制是继南宋延续发展而来的。玫瑰椅形制很少变化，有人又将各种矮背椅说成是玫瑰椅的变体，以证明玫瑰椅随时代不同而不同。其实所谓"变体"，应该是在本体中演变出另一种形制式样，而矮背椅很难说是从玫瑰椅直接变化产生的，更多的是与高背椅相接近，故其名称也相对应。此椅后背采用直栏式，上部装有双环卡子花，扶手两侧做法也与其相同。壶门采用攒格效果，直线交待，与扶手和靠背呼应，显得刚劲有力。此椅在玫瑰椅中不多见，装饰手法新颖。曾是"清水山房"藏品。

攒格壶门。

落膛硬屉坐面。

10

简介

黄花梨木直棖围子玫瑰椅

朝　　代：明
尺　　寸：88 × 56 × 42.5厘米
估　　价：人民币10万元－15万元
成 交 价：人民币10.12万元
拍卖公司：中国嘉德
拍卖日期：1995年10月9日

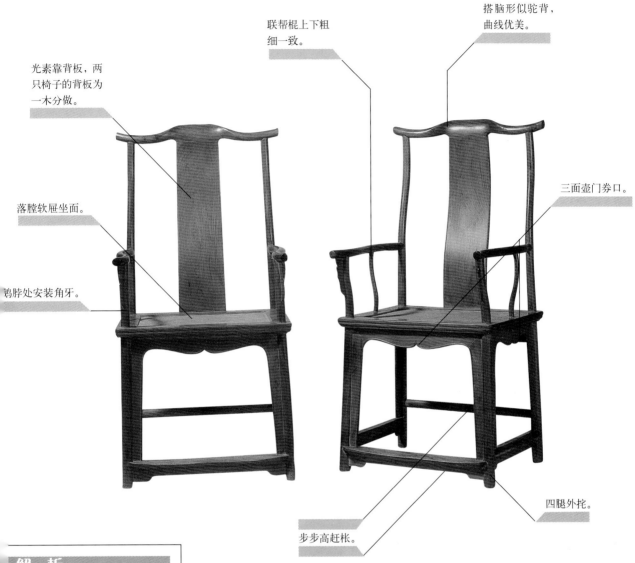

光素靠背板，两
只椅子的背板为
一木分做。

联帮棍上下粗
细一致。

搭脑形似驼背，
曲线优美。

落膛软屉坐面。

三面壶门券口。

鹅脖处安装角牙。

步步高赶枨。

四腿外抈。

解　析

　　此类椅具在明式家具椅
类中最为高大，因搭脑与扶手
四处伸出，故俗称"四出头"。
此椅前腿与后腿均采用一木连
做，坚固耐用。搭脑曲线优美，
犹如富有弹性；扶手委婉，与
搭脑和谐统一；三面壶门的
轮廓标准成熟，无懈可击；靠
背板光素处理，两板为一木分
做，纹理美丽统一。明式家具
之简洁美，于此椅可见一斑。
曾是"清水山房"藏品。

简介

黄花梨木四出头官帽椅

朝　　代: 明
尺　　寸: 122×60.5×47厘米
估　　价: 人民币40万元–45万元
成 交 价: 人民币44万元
拍卖公司: 中国嘉德
拍卖日期: 1995年10月9日

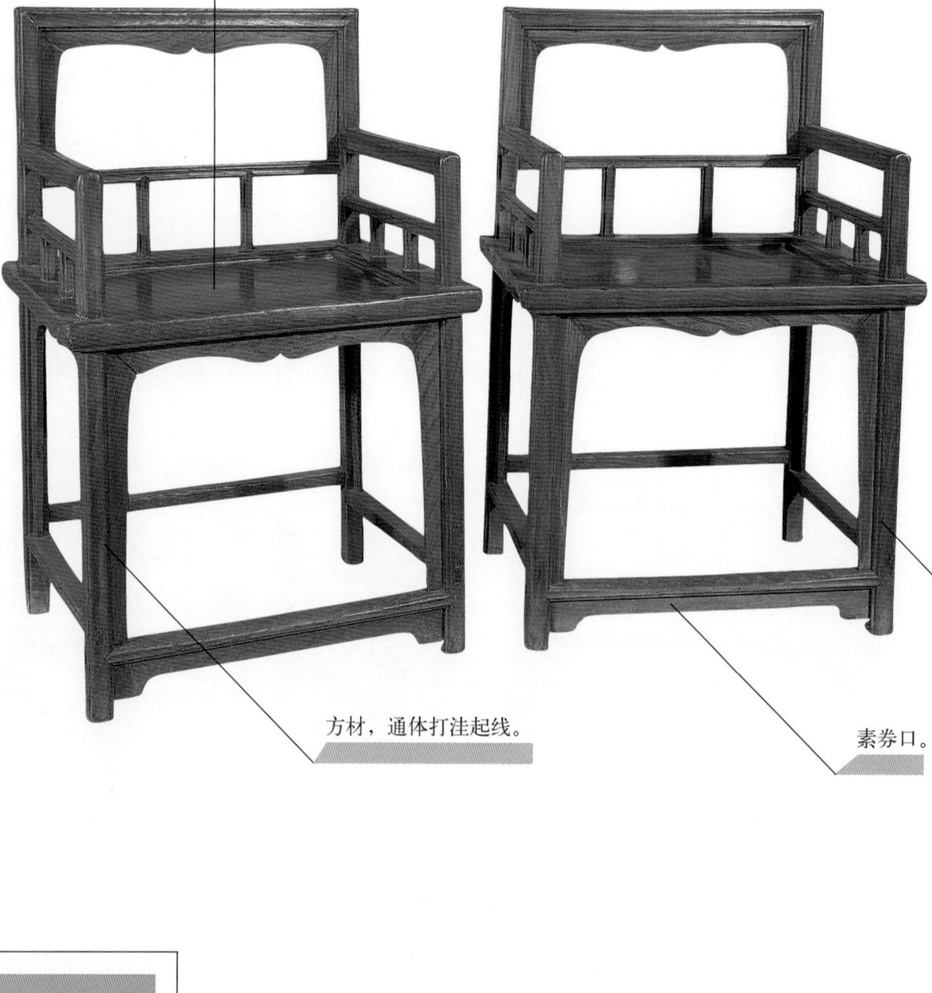

冰盘沿攒框落膛硬屉椅盘。

直腿。

方材，通体打洼起线。

素券口。

解 析

这对椅子风格简约，工艺精美细腻，尽显简练、朴素之美。与明式特点不同，此椅采用方材，通体打洼起线。靠背上部装壶门券口，在靠背下部和扶手内，于椅盘上五分之二处做横枨，枨下加矮老。椅盘下做壶门口牙子，下配步步高脚枨，管脚枨下带素牙条。从椅子的整体风格来判断，应该是清代北方的仿制品。

简介

榆木券口靠背玫瑰椅

朝　　代：清早期
尺　　寸：55 × 43 × 86 厘米
估　　价：人民币 2.8 万元 −5.5 万元
成 交 价：
拍卖公司：太平洋
拍卖日期：2004 年 6 月 27 日

搭脑和后柱处装镂花角牙。

椅面为素混面攒框落膛装板硬屉。

桌面为劈材独板。

靠背板攒框分三段。

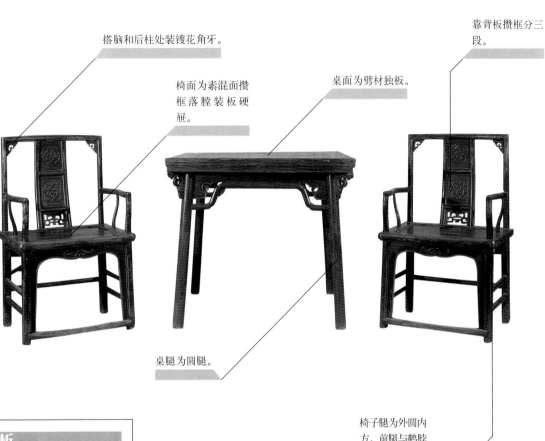

桌腿为圆腿。

椅子腿为外圆内方，前腿与鹅脖、后腿与靠背柱一木连做。

解析

此套桌椅榆木质地，显然是民间实用器物，由一对官帽椅和一张一腿三牙式方桌三件器物组成。官帽椅，靠背板攒框分三段，上段雕圆形开光龙纹，中段雕方形开光龙纹，下镂拐子花亮脚。搭脑、扶手作挖烟袋锅式榫，靠背板、扶手有明显向外的曲线，中间配以鼠尾式联帮棍。椅盘下配卷草纹壶门口，步步高脚枨，椅子两侧加双枨。一腿三牙式方桌，攒框装板桌面，极为厚重，牙板和吊角牙起线镂花，罗锅枨上顶牙条，惟罗锅枨四个曲点处带工，与其它者略见不同。四腿八叉使整张桌子显得稳重大方。

简介

榆木雕龙官帽椅、桌

朝　　代：清早期
尺　　寸：尺寸不一
估　　价：人民币0.6万元－1万元
成 交 价：
拍卖公司：太平洋
拍卖日期：2004年6月27日

搭脑与靠背柱、扶手与鹅脖为烟袋锅榫法。

素混面压边线攒框落膛镶软屉椅盘。

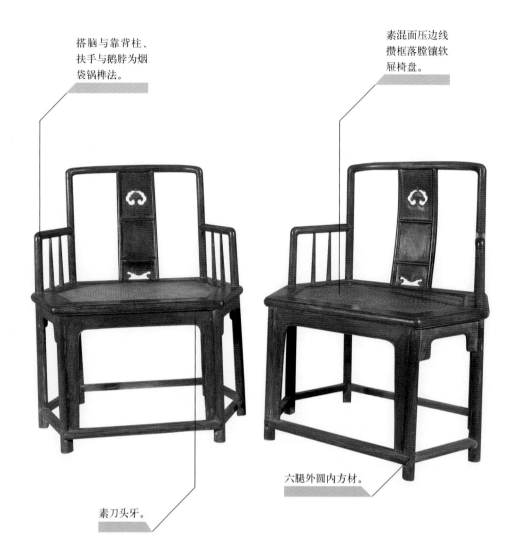

素刀头牙。

六腿外圆内方材。

解 析

　　此椅椅盘六方形，六条腿，是南官帽椅的变体，以形制巨大著称。此椅椅盘以上均为圆材，椅盘以下均为外圆内方材。椅盘为素混面压边线攒框落膛镶软屉坐面。背板为攒框三段式，上雕开光云纹，下锼亮脚牙，中间为素镶板。椅盘下正面看面为起线券口，其余为素刀头牙，六腿之间以横枨相连。这种造型的椅子十分罕见，此椅意趣清新，造型自然、简朴、大方，毫无矫揉造作之感。

简介

六方椅

朝　　代：清早期
尺　　寸：77 × 55 × 92 厘米
估　　价：人民币 2 万元 – 4 万元
成 交 价：
拍卖公司：太平洋
拍卖日期：2004 年 6 月 27 日

搭脑与一般的四出头椅略有不同，呈曲线形较为特别。

落膛硬屉坐面。

平素壶门券口。

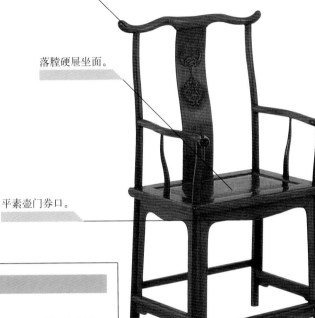

步步高赶枨。

解　析

这对红木椅子的形制是南方四出头式样，其特别之处在于搭脑与一般的四出头椅略有不同，呈曲线形，背板雕蝙蝠双鱼图案。用材精制，做工考究。

红木是目前最为常见的一种硬木，在清中后期才被广泛运用，此前则很少使用。红木之名是江浙和北方常用的名称，广东则称之为"酸枝"。红木有新老之别，老者近于紫檀，但光泽较暗，颜色较浅，质地也不够致密，些许有些香气，但不及黄花梨浓郁。新红木颜色赤黄，有花纹，像黄花梨。二者显然不是一个树种，现代植物学家一般认为孔雀荳就是红木，现在看传世的红木家具，也有黄檀属、紫檀属的树种材料被称为红木的。因此，可以说，红木的材料概念是比较宽泛的，并非特指一种材料。

15

简介

红木四出头南官帽椅

朝　　代：清
尺　　寸：高114厘米
估　　价：人民币6万元－8万元
成 交 价：人民币6.38万元
拍卖公司：中国嘉德
拍卖日期：1998年10月28日

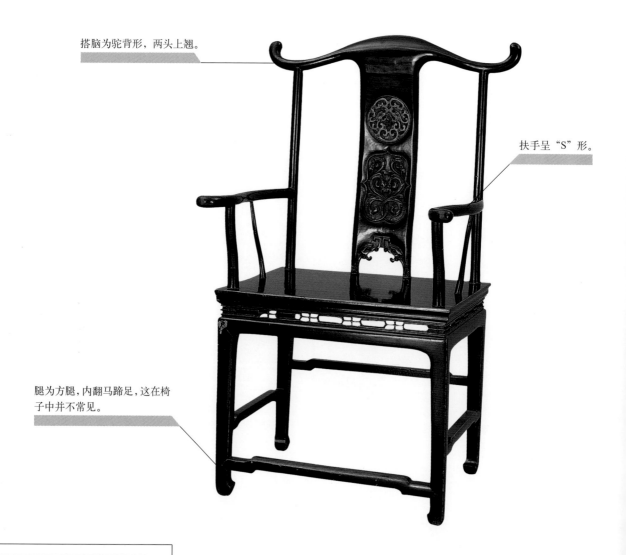

搭脑为驼背形，两头上翘。

扶手呈"S"形。

腿为方腿，内翻马蹄足，这在椅子中并不常见。

解 析

这只靠背椅体形巨大，四出头官帽椅式，搭脑为驼背形，两头上翘，扶手呈"S"形，造型夸张。椅面为攒框平镶，下设高束腰，束腰上开镂花洞，腿为方腿，内翻马蹄足。椅子整体髹黑漆，靠背板饰浮雕并髹朱、黄漆，色彩艳丽。背板下端镂出亮脚，与镂空束腰相呼应，强调装饰效果，具有浓郁的福建地区特色。

简介 黑漆靠背彩绘官帽椅

朝　　代：清
尺　　寸：高116厘米
估　　价：人民币1.5万元—2.5万元
成 交 价：
拍卖公司：中国嘉德
拍卖日期：2000年11月6日

两端下弯，用所谓"挖烟袋锅"的造法与后腿相连。

透雕拐子龙纹牙条，具有典型的清代风格。

弓字形搭脑。

冰盘沿攒框镶板硬屉坐面。

素面"S"形靠背板。

步步高赶枨。

解析

这套桌椅为红木材质，选料及做工都十分精细。方桌为冰盘沿攒框镶板，带束腰，桌子四面装有透雕拐子龙纹牙条，同时起到横枨的作用，方正略有变化。直腿，内翻回纹足。椅子袭用一统碑椅样式，搭脑为弓字形，两端下弯，用所谓"挖烟袋锅"的造法与后腿相连。素面"S"形靠背板弧度柔和自然，更加符合人体的背部曲线。靠背立柱与后腿一木连做，椅盘以上是圆的，以下则为外圆内方，既便于和枨子相交，又能起到支撑椅盘的作用。椅盘也是冰盘沿攒框镶板硬屉坐面，特别之处在于其不是落膛镶板，而是平镶，框和心一样平。椅子腿由四根管脚枨相连，正面一根最低，后面一根最高，俗称"步步高"赶枨，两边则取前后赶枨中线安装。这样做的目的在于避免纵横的榫眼开凿在腿子的同一断面上，从而确保了腿子的坚实。前面枨下镶素面牙条，整套桌椅装饰简洁，典雅大方，别具风格。

17

简介　**红木方桌、灯挂椅**

朝　　代：清
尺　　寸：108 厘米(椅)
估　　价：人民币 3 万元－4.5 万元
成 交 价：人民币 2.75 万元
拍卖公司：中国嘉德
拍卖日期：1998 年 10 月 28 日

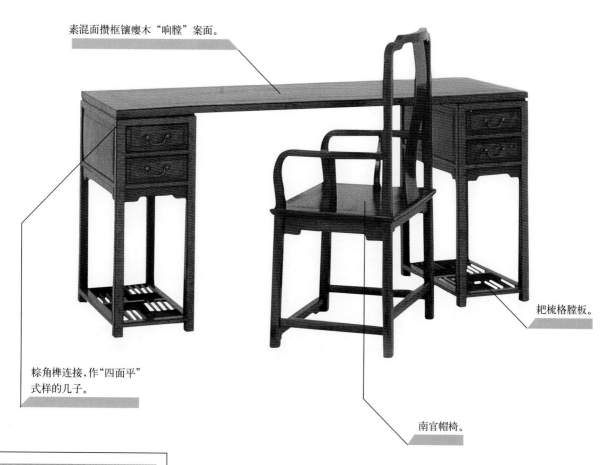

素混面攒框镶瘿木"响膛"案面。

耙梳格膛板。

棕角榫连接，作"四面平"式样的几子。

南官帽椅。

解 析

　　架几案的案面一般为独板实心，名贵木材多制成攒框装心板案面，俗称为"响堂"。两只几子使用方材，几面与几腿边抹相交，用棕角榫连接，作"四面平"式样，几子上设抽屉两具，下部为敞开式空档，装饰牙条，最下为耙梳格膛板，因此，这种书案又称为"搭板书案"。书案的大部分皆是用瘿木镶嵌而成，做工复杂，工艺精细，清新自然。配一把平堂坐面南官帽椅，更显得浑厚自然，爽利明快。

简 介

红木镶瘿木架几式书案、南官帽椅

朝　　代：清晚期
尺　　寸：109 厘米(椅)
估　　价：人民币 4 万元－6 万元
成 交 价：人民币 4.95 万元
拍卖公司：中国嘉德
拍卖日期：1998 年 10 月 28 日

光素靠背板，搭
脑的弧度则向后
弯出。

联帮棍下粗上
细，外弧。

扇形坐面，藤编
软屉。

鹅脖。

步步高赶
枨下贴接
罗锅枨。

三面管脚枨用双枨中加
矮老。

解析

这对大椅为紫檀材制，典型的南官帽椅式样，椅子的四足外挓，侧角显著，正面所见的造型呈金字塔形。椅子盘面前宽后窄，大边弧度向前突出，平面作扇面形状。椅子靠背搭脑的弧度则向后弯出，与大边方向相反，加上扶手的弧度，整只椅子的俯视图是弧形的。椅子全身一律为素混面，连最简单的线脚也没有使用。在装饰上，没有袭用明式椅子中常见的壶门券口，而是使用了不常见的三面管脚枨用双枨中加矮老，并在步步高赶枨下贴接罗锅枨。这使大椅的整体效果显得更加轻灵，而不显得沉闷。这对大椅子虽然是现代所制，但作者十分谙熟明式家具的形式因素，大椅造型既庄重亦委婉，集古典隽永俊秀与现代温文尔雅于一体，从选料到做工堪称极至。

19

简介

紫檀扇面大官帽椅

朝　　代：现代
尺　　寸：109 × 76 × 60 厘米
估　　价：人民币15万元－20万元
成 交 价：人民币17.6万元
拍卖公司：中国嘉德
拍卖日期：2004 年 5 月 17 日

椅面穿柱结构

联帮棍呈圆弧状向外鼓出。

三接椅圈。

前后腿均为
一木连做。

腿足外拓。

刀子板券口。

解 析

　　圈椅在明代《三才图会》中被称为圆椅。这是一种形制十分独特的椅子，江南地区一直是其主要产地。清代的太师椅与明代的圈椅都称太师椅，但二者毫不相关，绝无形制沿革的前因后果。结合圈椅形制产生的时代背景和明清家具演进的规律就可以明白地看到，唐宋时期不少圆形搭脑和扶手的椅子更能直接发展形成为后来的圈椅。宋人称之为"栲栳样"或"栲栳联前"形式的扶手椅，当是直接导致明代圈椅造型滥觞产生的因素。其迟至清代中晚期仍有生产，而且形制很少变化。苏式家具中的圈椅，有的扶手不出头，有的不设联帮棍，这是地方特色，值得注意。

　　前后腿一木连做，为圈椅制作的较早形式。椅圈三接，曲线流畅优美。联帮棍呈圆弧状鼓出，富有弹性感。券口采用刀子板形制，整体古拙和谐。靠背板整木素洁，仅在上方浮雕锦地龙纹，龙脊隆起，龙首折回，龙尾呈卷草状，生机勃勃。此椅靠背板装饰手段在明式家具中十分少见。此拍品著录于王世襄《明式家具珍赏》第98页，图版第54号，原藏于北京硬木家具厂，后归"清水山房"。

20

简介　黄花梨木浮雕靠背圈椅

朝　　代：明
尺　　寸：93 × 54.5 × 43厘米
估　　价：人民币15万元－20万元
成 交 价：人民币10.78万元
拍卖公司：中国嘉德
拍卖日期：1995 年 10 月 9 日

靠背板攒框分做四隔。

冰盘沿起线攒框装软屉椅盘。

鹅脖与前腿连做。

圆椅椅圈搭接结构

解　析

这对圈椅为黄花梨材质，典型的苏式圈椅样式。椅子的靠背板攒框分做四隔，一、二隔开光，三隔透雕卷草龙纹，第四隔装牙子留出亮脚。椅子的鹅脖与前腿连做，椅圈不出头，较常见者略高一些，因此看上去更为富丽豪华一些。靠背柱加曲形副柱，既起到牢固作用又起到装饰作用，椅盘为冰盘沿起线攒框装软屉，下配罗锅枨加矮老。前面步步高赶枨下装牙条。

简　介

黄花梨圈椅

朝　代：清
尺　寸：60 × 46 × 102 厘米
估　价：人民币 10 万元 － 15 万元
成 交 价：
拍卖公司：太平洋
拍卖日期：2004 年 6 月 27 日

浮雕团螭纹靠背板。

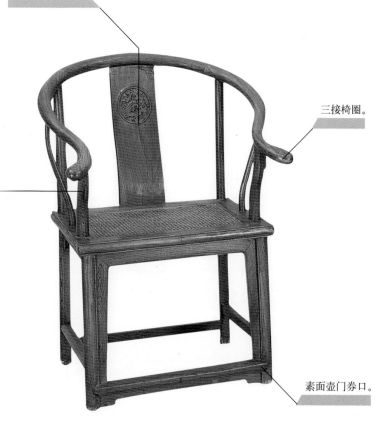

三接椅圈。

鹅脖处镶素牙头。

素面壶门券口。

22

解　析

　　这对圈椅形制简洁，为明代苏式圈椅式样，只是用料较明代敦实厚重，故属于清代作品。三接椅圈，靠背板雕团螭纹，纹理清晰，古朴大方。

　　榉木，又写作"椐木"，北方又称为"南榆"，属榆科植物。浙东地区以色泽橙黄、木纹疏朗清晰的黄椐为特色；苏南一带则以颜色红橙、纹理构造重叠细密的最为称重，这种椐木，民间又称血椐，这种血椐材质有大花纹，层层如山峦重叠，苏州木工称之为"宝塔纹"；还有一种椐树，在有些部位锯开后呈现出类似鸂鶒木的纹理，民间称它为鸂鶒椐；多见的还有白椐，色泽比较浅淡，木质不如上述品种那样坚韧。江浙地区盛产椐木，为苏式家具的产生和形成提供了广泛的用材基础，椐木是苏式家具中最为常见的材料。

简　介

榉木圈椅

朝　　代：清
尺　　寸：高90厘米
估　　价：人民币1.2万元—2.2万元
成 交 价：人民币1.43万元
拍卖公司：中国嘉德
拍卖日期：2000年11月6日

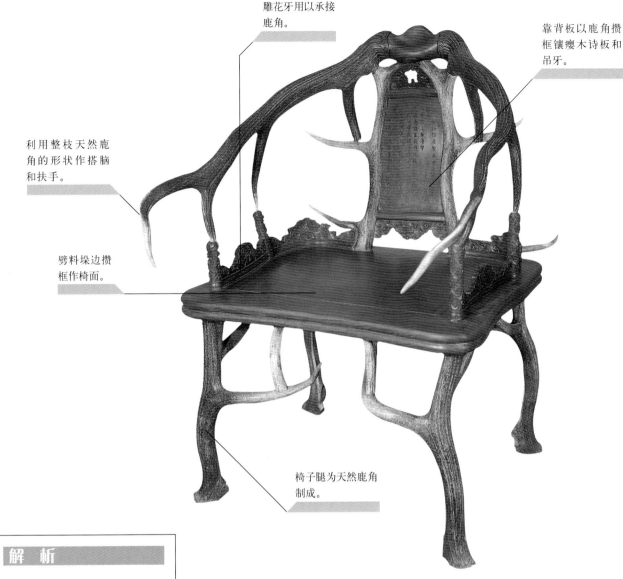

雕花牙用以承接鹿角。

靠背板以鹿角攒框镶瘿木诗板和吊牙。

利用整枝天然鹿角的形状作搭脑和扶手。

劈料垛边攒框作椅面。

椅子腿为天然鹿角制成。

解 析

　　此椅为仿制品，鹿角椅极为罕见，真品存世三把，为北京故宫、沈阳故宫收藏，乃雍正、乾隆时期所制作。据文献记载，此椅雍正乾隆时期各仿制一把，最早为康熙皇帝外出打猎时所坐。一朝只有一把，除当朝皇帝外，其余人等一概不得坐。自乾隆后，因已无马上皇帝，故不再制作此椅。本拍品为真鹿角制作，天然形成，殊为难得，极其罕见，配以黄花梨坐面，瘿子木御题诗背板，更显高贵，是仿古家具中难得的精品。

简介　仿乾隆黄花梨鹿角椅

朝　　代：仿品
尺　　寸：58 × 74 × 113 厘米
估　　价：人民币 12 万元－15 万元
成 交 价：
拍卖公司：太平洋
拍卖日期：2002 年 11 月 3 日

五柱靠背。

攒框攒棂子凳面，厚且长。

凳面探出带吊头。

吊角牙、足部、牙条的装饰花纹带有连续性。

腿间看面为横枨加矮老镶绦环板。

插肩榫结构。

解 析

这种长凳子是厅堂和廊子上的陈设坐具，又有"阁老凳"、"庙椅"之称，相传为寺庙中大殿外，供上香的信徒休息之用。此凳凳面厚且长，为攒框攒棂子式样，腿子为插肩榫结构，腿子缩进，凳面探出带吊头。靠背设五根柱子，栏框间镶有素绦环板，搭脑和柱子间为卡子花装饰。腿部饰卷草纹样，风格粗犷，非常有特点。

简介

松木靠背条椅

朝　　代：清早期
尺　　寸：227×44×77厘米
估　　价：人民币2万元－4万元
成 交 价：
拍卖公司：太平洋
拍卖日期：2004年6月27日

天然木根攒成的椅
子，浑然天成，拼
接的技巧极高。

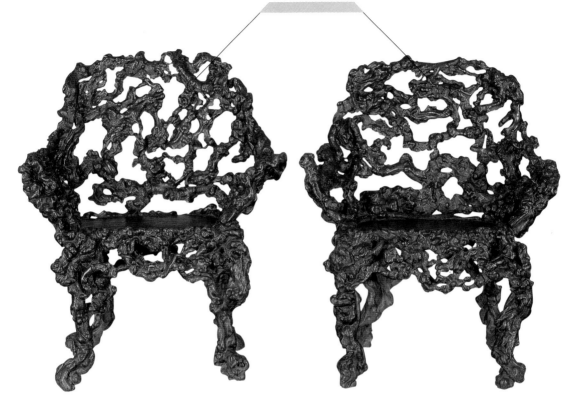

解 析

以天然木根制作家具是清
代新兴的一种手法，这对椅子
的靠背和扶手利用天然木根拼
接攒成。坐面也是以木根做成
围框，并铺以木板。坐面下的
牙子、腿子也是以木根攒成。
整体攒镶工艺天衣无缝，造型
奇特，古朴高雅。

简 介

瘿木根雕圈椅

朝　　代：清乾隆
尺　　寸：高105厘米
估　　价：人民币30万元－50万元
成 交 价：人民币33万元
拍卖公司：天津国拍
拍卖日期：2000年11月7日

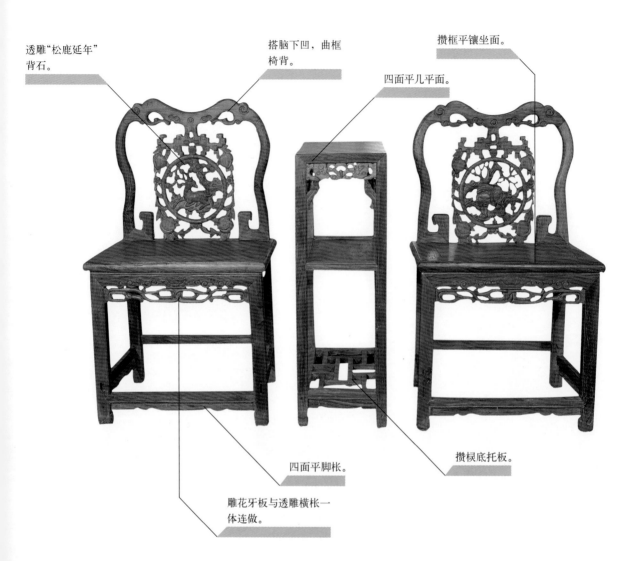

透雕"松鹿延年"
背石。

搭脑下凹，曲框
椅背。

攒框平镶坐面。

四面平几平面。

四面平脚枨。

攒棂底托板。

雕花牙板与透雕横枨一
体连做。

26

解 析

    这套家具全部为黄花梨制作，椅子背板圆形开光透雕"松鹿延年"的图案，周边环以透雕桃纹。椅子坐面平镶硬屉板心，腿为方材攒框，看面镶缠绳透雕牙板。几子为四面平攒框式样。几子中部为平屉，下部设攒框承托。这是清末风格比较简约的一套家具。

简 介

黄花梨靠背椅、几

朝　　代：清末
尺　　寸：尺寸不详
估　　价：人民币 0.6 万元 –1 万元
成 交 价：
拍卖公司：太平洋
拍卖日期：2002 年 11 月 3 日

双劈料坐面、担子、托泥。

担子中间细，两头渐粗，上为转珠，下呈铭状。

托泥下装足。

解析

此鼓墩可视为同类变种，它不像一般鼓墩具有鼓钉、腔体与坐面相交的特点，而是独出心裁，以八根弧形担子支撑坐面，两者相切，下设托泥。此墩整体采用双劈料做法，坐面、担子、托泥均做成双劈料，但略有不同。坐面上厚下薄；腔体立柱中间细，两头渐粗；托泥上下厚度均等；尤其是腔体立柱，上为转珠，下呈铭状，韵味无穷。这种造型的鼓墩非常罕见，殊为难得。此作品曾经著录于王世襄《明式家具珍赏》，原藏于北京硬木家具厂，也曾是"清水山房"的藏品。

简介

黄花梨木八足鼓墩

朝　　代：明
尺　　寸：49×38厘米
估　　价：人民币20万元－30万元
成 交 价：人民币49.5万元
拍卖公司：中国嘉德
拍卖日期：1995年10月9日

上下两排鼓钉。

二十四根弧形直棖攒成腔体。

底部装六足。

解 析

　　鼓墩亦称绣墩，在居室陈设中的装饰功能大于实用功能。此墩外形仿鼓造型，上下两排鼓钉整齐规矩，腔体膨出，以二十四根弧形直棖攒成，整体空灵有致；底部另装六足，平稳而美观，造型别致。此品著录于王世襄《明式家具珍赏》，原藏于北京硬木家具厂和"清水山房"。

简介 **紫檀木直棖鼓墩**

朝　　代：清
尺　　寸：46×30厘米
估　　价：人民币25万元－35万元
成 交 价：
拍卖公司：中国嘉德
拍卖日期：1995年10月9日

壶门牙子上透雕云纹，分做三组，沿着凳腿、牙板和花纹起阳线。

腿子中部突出的卷转花纹，既与牙板上的花纹相呼应，又起到遮掩腿枨相交榫缝的作用，同时也加大了腿材，不至于因为在此处开凿榫眼而影响腿子的坚实。

束腰和牙子为方材一木连做。

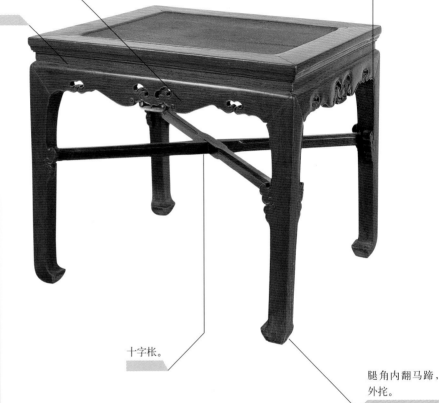

十字枨。

腿角内翻马蹄，外挓。

解析

此凳在结构上改变了四面用枨子的习惯造法，而使用了椅凳中很少见的十字枨，十字枨的使用在明清家具中一般是在盆架上，其它家具上极为罕见。长方形凳面，四周牙条透雕云纹三组，沿边起阳线与腿足交圈，凳腿中部饰卷转花纹与牙条云纹相呼应，凳面为席贴面硬屉。黄花梨材质，纹理流畅，包浆完美，保存状态完好，在明式家具中十分罕见。已经著录于王世襄所著《明式家具研究》、《明式家具珍赏》等书之中。

黄花梨，原产中国海南岛，当地称之为"降香木"。是檀属乔木树种，近年来为区分其它近似的树种定名为"降香黄檀"，木质分边材和心材，颜色从边到心由浅黄褐色、灰黄褐色到红褐色、紫红褐色，心材多红褐色、深红褐色或紫红褐色，杂有黑褐色条纹，材质坚实，花纹美丽，有香味。清中期以前主要是古典高档家具使用这种材料，清中期以后由于木材匮乏就很少使用了。近年来在海南还发现一种边材和心材无颜色差异的檀木树种，被称为"海南黄檀"，这种檀木在古代家具中很少见。因此，传统意义上的黄花梨就是指"降香黄檀"。

29

简介

黄花梨束腰方杌凳

朝　　代	明
尺　　寸	46×55×49 厘米
估　　价	人民币 25 万元－35 万元
成 交 价	人民币 27.5 万元
拍卖公司	中国嘉德
拍卖日期	2002 年 11 月 3 日

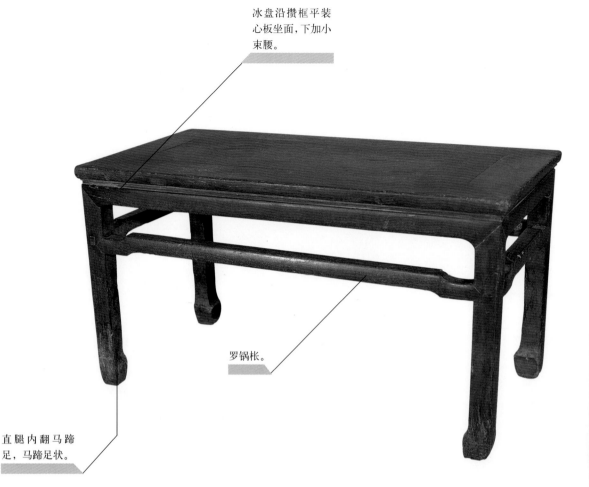

冰盘沿攒框平装
心板坐面，下加小
束腰。

罗锅枨。

直腿内翻马蹄
足，马蹄足状。

解 析

　　此凳明代又称为"春凳"，
与条桌的形制基本一致，只是
高矮有别。此凳为铁梨木质
地。用料粗硕，硬屉坐心，矮
束腰，罗锅枨，小马蹄足。

简 介

铁梨木二人凳

朝　　代: 明
尺　　寸: 98 × 46 × 52 厘米
估　　价: 人民币 0.35 万元 − 0.5 万元
成 交 价:
拍卖公司: 太平洋
拍卖日期: 2002 年 11 月 3 日

坐面框框板宽厚。

直腿上粗下细，渐
收的趋势使机凳显
得轻盈。

罗锅枨上缘打注，
这种装饰不多见。

解析

　　这是一对北方乡村家具，
造型浑朴中透漏着精细。坐面
为攒框软屉，坐面下设束腰，
直腿上粗下细，内翻马蹄足，
牙板挖券口并浮雕花纹，罗锅
枨、牙板、腿子内侧起阳线。总
之，这件看上去具有朴拙风格
的作品，在细节装饰上还是十
分精细的。

简介

榆木浮雕机凳

朝　　代：清中期
尺　　寸：53 × 53 × 53 厘米
估　　价：人民币 0.26 万元－0.5 万元
成 交 价：
拍卖公司：太平洋
拍卖日期：2003 年 11 月 25 日

四面平结构在椅凳中极罕见。

攒框平镶坐面。

横枨穿加双矮老。

落地装罗锅枨是此机凳的独特之处之一。

解 析

这件机凳的造型十分少见，为箱式攒框结构，坐面为落膛装心板，四条直腿落地由罗锅枨连接，在坐面下装有横枨并以矮老相承。整件器物造型简洁，比例匀称，朴实无华。

简介

黄花梨机凳

朝　　代：清
尺　　寸：81×42×61厘米
估　　价：人民币1.8万元－2.2万元
成 交 价：
拍卖公司：太平洋
拍卖日期：2001年11月4日

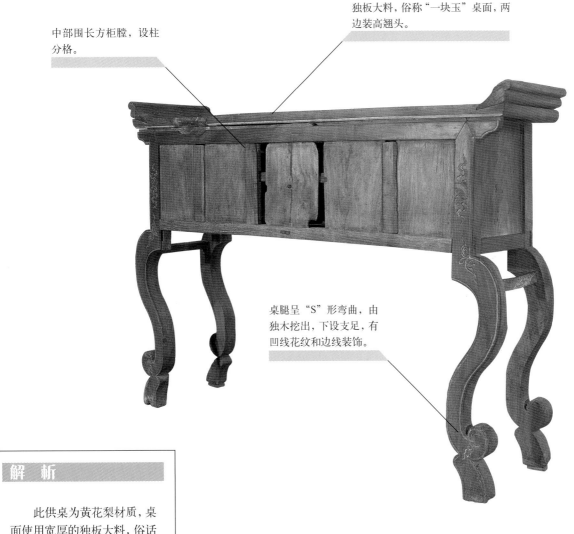

独板大料,俗称"一块玉"桌面,两边装高翘头。

中部围长方柜膛,设柱分格。

桌腿呈"S"形弯曲,由独木挖出,下设支足,有凹线花纹和边线装饰。

解析

此供桌为黄花梨材质,桌面使用宽厚的独板大料,俗话"一块玉",两边装高翘头。中部围长方柜膛,设柱分格。桌腿呈"S"形弯曲,由独木挖出,下设支足,粗犷雄浑,线条流畅,使家具有如平地拔起的高大视觉效果又不失丰满曲线的美感。卷草图案,纹饰简洁。阴刻"书卷"、"扇子"意寓文人儒风。本供桌和山西运城元代著名永乐宫壁画朝元图中的供桌对照,桌面起高翘头,方形柜膛,大弧腿,在形制上完全一样。估计应是元明遗物。

简介

黄花梨独板供桌

朝　　代:元
尺　　寸:164 × 39 × 120 厘米
估　　价:人民币 48 万元 - 88 万元
成 交 价:
拍卖公司:太平洋
拍卖日期:2003 年 7 月 9 日

桌面黄花梨攒框，加装瘿木面心。框材宽大是此件家具的特点。

罗锅枨贴牙条安装，这是此类形式的基本结构。

一腿三牙：一条桌腿上安装了三个牙头。

四腿外挓，这是明式家具的典型特征之一。

34

解 析

此方桌是一件标准尺寸的"八仙桌"，是一件典型的明代苏州地区制作的明式家具。除老瘿子木面心外，均为黄花梨材质。素牙头、素牙条，罗锅枨亦为素混面，贴牙条安装。桌腿为方材，四角倒棱为圆，两个看面各起阳线两条，除了这两条装饰线之外，别无任何装饰。整体风格素朴大方，可以视为一腿三牙的基本形制，是明式同类器物中的典型代表。

简 介

瘿木面黄花梨一腿三牙方桌

朝　　代：明
尺　　寸：80 × 91 × 91 厘米
估　　价：人民币 18 万元－22 万元
成 交 价：人民币 19.8 万元
拍卖公司：中国嘉德
拍卖日期：2001 年 11 月 4 日

桌面为冰盘沿攒框镶独木心，桌
面设拦水线。

素混平几面。

牙板卷草纹雕工粗犷，
具有鲜明的明代风格。

腿起弯，有着简单的
装饰效果，是明代常
见的桌腿。

解析

炕桌又称矮桌，此桌面板
为独心，拦水线保存完好，冰
盘沿优美，为明式炕桌标准形
制。束腰与牙板一木连做，为
明式家具常见手法。卷草纹牙
板，以灵芝收尾。四角有转珠
装饰。腿起弯，向内弯曲兜转，
翻球收成足，俗称内翻球。足
部外饰小小卷草，妙趣横生。
是"清水山房"的旧藏器物。

简介

黄花梨木卷草纹三弯腿炕桌

朝　　代：明
尺　　寸：31×102.5×67厘米
估　　价：人民币5万元－8万元
成 交 价：人民币4.95万元
拍卖公司：中国嘉德
拍卖日期：1995年10月9日

冰盘沿起线攒框
桌面。

牙板与腿做壶门曲线装
饰。

腿部挖缺做。

腿中部饰牙利
纹，内线起凸。

解析

　　此桌腿子上截不露明，乃
为高束腰式样。其最为优美的
是牙板与腿部一气呵成的壶门
曲线。一般来说，明式家具的
壶门常用于床具、椅具下部，
且另装。此桌牙板曲线与腿部
曲线衔接，天衣无缝，在腿中
部做一停留，然后至足处又翻
起，悄然结束。腿部中间的花
叶处与足处均采用挖缺做法，
去拙取巧，美不胜收，形制罕
见。

　　所谓的"挖缺做"是指方
材腿子朝内的一个直角被切
去，腿子的断面呈曲尺形，也
就是被挖缺而出现了缺口之
意。挖缺的断面，连同双双上
翘的马蹄尖，可为壶门遗留的
痕迹。另外，桌牙的细部也有
值得注意的地方，牙条尽端正
当壶门弧线向下垂弯形成尖
角。因为材料薄而木纹短，又
系直丝容易劈裂，因此，牙条
在裹皮不甚显著的地方，留下
新月似的一块不剔除，这样就
对牙条的尖端起到了加固作
用。这种做法说明工匠对木材
的性能十分了解，并采用了相
应的措施来解决装饰与坚固之
间的矛盾，可谓完美无缺。此
品著录于王世襄《明式家具研
究》《明式家具珍赏》，原藏于
北京硬木家具厂，后归"清水
山房"。

36

简介

黄花梨木马蹄足高束腰挖缺做条桌

朝　　代：明
尺　　寸：80×98.5×48.5厘米
估　　价：人民币20万元－30万元
成 交 价：人民币18.7万元
拍卖公司：中国嘉德
拍卖日期：1995年10月9日

翘头小而巧，曲
线缓而柔。

霸王枨。

四面平榫卯结构

粽角榫结构。

内翻马蹄足。

三屉与牙板一样平，起
到隐藏的作用。

37

解 析

　　采用三碰肩形式，四面
平，大边、抹头、腿三处汇一
做粽角榫结构。装有暗屉三，
抽屉扁小，明式家具中有见。
内翻马蹄足，装有霸王枨，在
明式家具中也是基本形制之
一；但桌面两端又另装翘头，
十为罕见。翘头小而巧，曲线
缓而柔，应为专人所定制，在
所见明代家具中，此桌式样为
孤例。此品著录于王世襄《明
式家具珍赏》第151页，图版
第98号，原藏于北京硬木家
具厂，又曾是"清水山房"的
藏品。

简 介

黄花梨木霸王枨三屉翘头桌

朝　　代：明
尺　　寸：86×112.5×48.5厘米
估　　价：人民币35万元－45万元
成 交 价：人民币27.5万元
拍卖公司：中国嘉德
拍卖日期：1995年10月9日

冰盘沿起线攒框装板桌面。

罗锅枨上加双矮老。

装霸王枨。

圆材直腿。

解 析

　　整体为黄花梨材质，材质优良，光素简洁，取材以圆材为主。桌面为冰盘沿起线攒框装板，未装束腰，桌面下与四腿足间装霸王枨，桌腿间罗锅枨上加双矮老装饰。整器包浆润泽，应是明代器物。

简介

黄花梨无束腰加矮老半桌

朝　　代：明
尺　　寸：81 × 97 × 47 厘米
估　　价：人民币 30 万元 − 40 万元
成 交 价：
拍卖公司：中国嘉德
拍卖日期：2001 年 11 月 4 日

冰盘沿素混面攒
框案面。

牙板起阳线，在转角处留有
一透孔，做成如意云头状。

夹头榫。

腿部正面两边起
边线，正中又起
一道阳线，俗称
"一柱香"。

解 析

腿部正面两边起边线，正
中又起一道阳线，俗称"一柱
香"。此种装饰效果刚劲挺拔，
为明式家具桌案腿部所常用。
牙板起阳线，在转角处留有一
透孔，做成如意云头状，美观
灵活。腿部后面也做成圆弧状，
起两道阳线，这在明式家具中
十分少见。面板为独心，保存
完好。此品曾经著录于王世襄
《明式家具珍赏》，原藏于北京
硬木家具厂、"清水山房"。

简 介

黄花梨木一柱香平头案

朝　　代：明
尺　　寸：81 × 110 × 55 厘米
估　　价：人民币 20 万元 – 30 万元
成 交 价：人民币 22 万元
拍卖公司：中国嘉德
拍卖日期：1995 年 10 月 9 日

夹头榫结构，侧
角收分明显。

冰盘沿素混面攒框案面。

圆腿，四腿外挓。

夹头榫结构

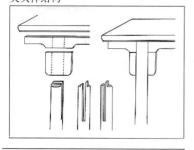

解 析

　　此案为黄花梨木素材制
作，木质精美，为明式家具平
头案中最标准形制。案面冰盘
沿精巧，面板为整块独板，大
边硕壮。圆腿，四腿八挓，前
后腿之间各有两根加帐，牙板
光素，转角处过渡圆滑。整件
器物选材精良，质朴简练，平
淡耐看。牙板较常见为窄，显
出一种冷峻之美。曾是"清水
山房"的收藏品。

简
介

黄花梨木夹头榫圆腿平头案

朝　　代：明
尺　　寸：86 × 195 × 50 厘米
估　　价：人民币 15 万元 － 20 万元
成 交 价：
拍卖公司：中国嘉德
拍卖日期：1995 年 10 月 9 日

宝座式围栏，背面攒框分成六部分，
两侧也分上下装心板。

立体雕回首
龙头。

角牙对称做双螭纹，中间
嵌有荷叶隔挡，以方便放
置铜镜。

两侧分上下
雕龙纹。

解析

　　镜台又称梳妆台，明式镜台有折叠式、宝座式、五屏风式三种，而宝座式镜台又是由宋代扶手椅式镜台发展而来的。这件镜台，黄花梨材质，宝座式围栏，背面攒框分成六部分，装心板，透雕各式龙纹，两侧也分上下透雕龙纹，风格统一。雕工圆熟，虽透雕却追求圆雕效果，上部双螭作奔走状，两边及中间者则回转身躯，动感十足。搭脑与扶手处出头，圆雕回首龙头，正中上嵌有火珠，体态硕大，造成视感中心。下部设置一大二小三屉，铜饰件完整，牙板与足喷出，以增强稳定感。此类镜台易损，保存如此完整，实为难得。同时，这是著名的古代家具收藏者"清水山房"的藏品。

牙板与足喷出。

三弯腿内卷云纹足。

浮雕卷草纹壶
门牙板。

41

简介

黄花梨宝座式镂雕龙纹镜台

朝　　代：明
尺　　寸：79×52.5×29.5厘米
估　　价：人民币6万元－8万元
成 交 价：人民币7.15万元
拍卖公司：中国嘉德
拍卖日期：1995年10月9日

素混面攒框桌板，板框宽厚。

素牙板，牙头处镂花。

圆直腿简练，也具有明代风格。

小霸王枨形制比较特殊。

解析

　　此桌为素混面攒框桌板，圆腿，直牙板，边缘起线至牙头处翻花，立牙镂花。桌内有小霸王枨。做工以满素为主，风格简练而圆浑。同类者还是比较常见的，因为其整体较明代同类型的桌子厚重，故属清初制品。

简介

榆木无束腰方桌

朝　　代：明末清初
尺　　寸：94 × 94 × 86 厘米
估　　价：人民币2.5万元－5万元
成 交 价：
拍卖公司：太平洋
拍卖日期：2004 年 6 月 27 日

攒框镶嵌云石桌面。

牙板挖成壶门券口。

案腿为三弯腿,仿青铜器式样,这是
一种极为罕见的腿子造型。

解析

　　此桌形制近似于条桌,内
外施朱漆。桌面为攒框镶嵌云
石面,石面纹理自然精美,面
下有素腰。牙板挖成壶门券
口,案腿为三弯腿,仿青铜器
式样,造型优美,纤巧而不失
坚韧,柔中带刚。是明代朱漆
的典范之作。

简介

红漆石面小供桌

朝　　代: 明
尺　　寸: 116 × 43 × 46 厘米
估　　价: 人民币0.58万元－0.88万元
成 交 价:
拍卖公司: 太平洋
拍卖日期: 2003 年 7 月 9 日

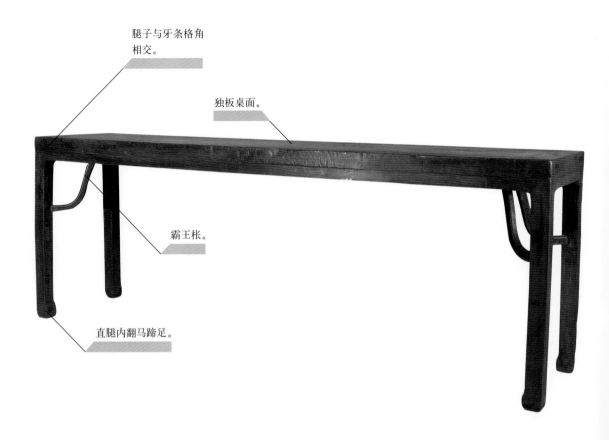

腿子与牙条格角
相交。

独板桌面。

霸王枨。

直腿内翻马蹄足。

解　析

　　此桌的结构是腿子与牙条格角相交，先构成一具架子，上面再和独板的桌面结合在一起。这样做避免了腿子、桌面和边抹三个主要部件在棕角榫处相交，保持坚固的效果，又可以避免看面单薄的视觉效果，这也是四面平器物结构的一种方式，入清以后这种做法就很少见了。因此这是一件明代的作品。

简　介

楠木四面平霸王枨条桌

朝　　代：明
尺　　寸：260.5×54.5×88.5厘米
估　　价：人民币3万元－5万元
成 交 价：
拍卖公司：太平洋
拍卖日期：2003年11月25日

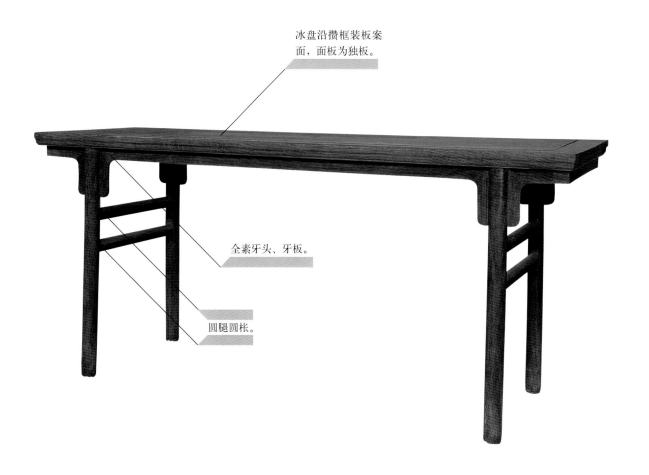

冰盘沿攒框装板案面，面板为独板。

全素牙头、牙板。

圆腿圆枨。

解 析

　　黄花梨木制作，木质精美，面板为整块独板，大边硕壮。圆腿，素牙头，腿间带两根横枨。结构为夹头样式，侧角收分明显。整体光素简洁，为明式家具的典型样式。王世襄先生评其"朴质简练、平淡耐看乃其特点"。

简 介

黄花梨平头案

朝　　代：明
尺　　寸：180 × 58 × 82 厘米
估　　价：人民币 40 万元 –60 万元
成 交 价：
拍卖公司：太平洋
拍卖日期：2002 年 4 月 22 日

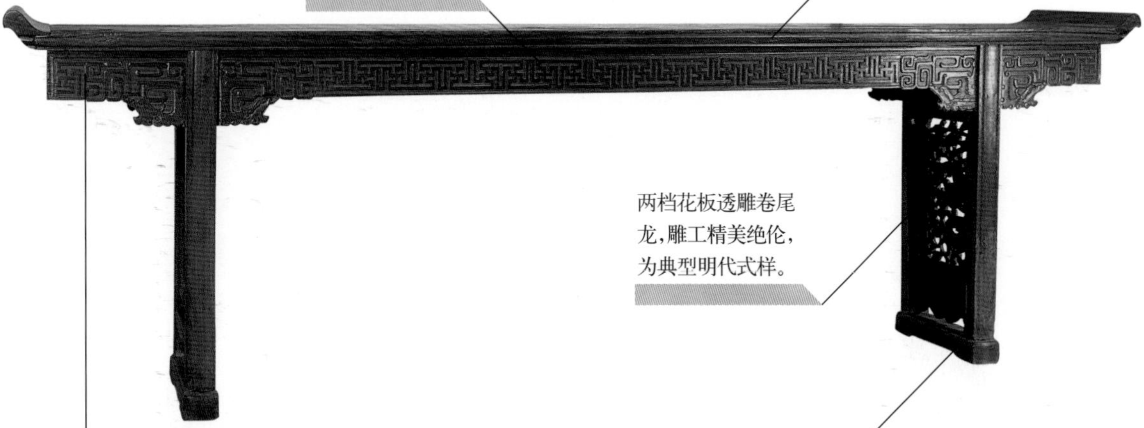

宽阔的浮雕"万"字
花的牙板，是此案
的最大看点。

攒框案面两边装
翘头。

两档花板透雕卷尾
龙，雕工精美绝伦，
为典型明代式样。

吊牙与牙板花纹
装饰一致。

承座简洁。

解 析

此案为靠墙陈设用具，
通体铁梨木制，体形硕大，近
三米半长，极为少见。案面两
头装翘头外撇，牙板宽阔，雕
万字纹，两档花板透雕卷尾
龙，雕工精美绝伦，为典型明
代式样。

简介

铁梨木雕卷龙翘头大案

朝　　代：清雍正
尺　　寸：96厘米
估　　价：人民币8万元－12万元
成 交 价：
拍卖公司：中国嘉德
拍卖日期：2000年11月6日

独特的拐子形腿，这在古代家具中十分罕见。

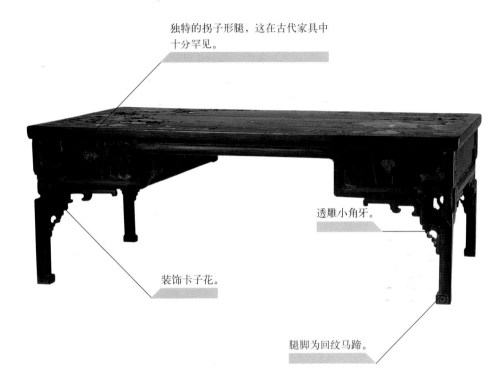

透雕小角牙。

装饰卡子花。

腿脚为回纹马蹄。

解 析

　　此炕桌紫檀材质，造型十分特殊，为"褡裢式"，对面设抽屉，桌面髹黑漆，内里糊纱、挂灰、髹朱漆，所有的横竖材相交处均挖牙嘴，圆润过渡，与现存于故宫等处的多件雍正时期紫檀髹漆家具工艺做法相同，由此可见应为清代宫中之用器。

简介

紫檀漆面炕桌

朝　　代：	清雍正
尺　　寸：	96厘米
估　　价：	人民币8万元－12万元
成交价：	人民币13.2万元
拍卖公司：	中国嘉德
拍卖日期：	2000年11月6日

案面为冰盘沿。

牙子牙头浮雕云蝠纹。

档板透雕云蝠纹。

足下设承托泥，为有束腰台座式。

解析

　　大平头案由上好紫檀精制，案面四片紫檀平铺。云头造型的牙子与腿足由走马销相联，是夹头榫结构中较为讲究的做法。牙子牙头浮雕云蝠纹，两侧的档板亦透雕云蝠纹，流畅生动。保存完好，包浆完美，为乾隆时期宫廷紫檀家具中的精品。

简介

紫檀夹头榫大平头案

朝　　代：	清乾隆
尺　　寸：	92厘米
估　　价：	人民币40万元－60万元
成 交 价：	人民币44万元
拍卖公司：	中国嘉德
拍卖日期：	1998年10月28日

案面为攒框打槽装云石面板，无拦水线。

与明式"酒桌"相比较，此处未设单横枨或双横枨，而是将双腿相连的横枨上移了位置。

夹头榫。

云头牙板，造型轻灵。

解 析

此种器物在明代又称"酒桌"，是饮食器具，桌面有拦水线，清代所制多为靠墙陈设的底座，不见拦水线。此条案全紫檀材质，采用标准的夹头榫卯结构，比例匀称。案面攒框打槽装云石面板，云石面纹理美观大方。牙板雕云纹，线条流畅，沿边起峭立阳线，线内铲出下陷的平地，两边横枨上装镂雕云头档板，四腿为圆材直足。用料讲究，制作精炼，保存完好。

简介

紫檀云石面小条案

朝　　代：清乾隆
尺　　寸：82.5厘米
估　　价：人民币14万元－16万元
成 交 价：人民币21.45万元
拍卖公司：中国嘉德
拍卖日期：1998年10月28日

面板光素，由三块板拼成。

前后两条牙板雕缠枝莲开光，内亦刻博古纹。

画案两侧腿板满雕缠枝莲纹和几何图案，中设圆形开光，内雕瓶、炉、寿桃、扇、山石等博古图案。

画案足部为内卷式。

解析

　　此画案为明式厚板条几形制发展而来，紫檀材质，用料精细，材质硕大，平底浮雕纹饰，精美流畅，通体呈现出一种简约与富丽堂皇交相辉映的风格，为清代宫廷紫檀家具之典型器，极为难得。画案由三块厚板构成桌面和桌腿，由于桌面厚重宽大，两侧的雕花牙板起到很好的承托作用，防止桌面板"塌腰"。

简介

紫檀雕博古图画案

朝　　代：清乾隆
尺　　寸：84 × 169 × 83 厘米
估　　价：人民币 150 万元 − 200 万元
成 交 价：人民币 198 万元
拍卖公司：中国嘉德
拍卖日期：2002 年 11 月 3 日

横枨装在角牙之上，浮雕的拐子花
与具有洛克克风格的卡子花装饰相
得益彰。

冰盘沿攒框桌石。

打洼束腰。

内翻马蹄腿。

解 析

　　方桌紫檀质地，用材精良
考究，雕琢工艺精湛，包浆亮
丽。案面攒框装板，有束腰。拐
子纹角牙，横枨浮雕具有洛克
克风格的卡子花装饰。此件方
桌已经带有西式装饰风格，估
计应该受到广式家具的影响。

简

介

紫檀束腰方桌

朝　　代：清乾隆
尺　　寸：87 × 100 × 100 厘米
估　　价：人民币 4.5 万元 － 6.5 万元
成 交 价：人民币 17.6 万元
拍卖公司：中国嘉德
拍卖日期：2003 年 11 月 26 日

素混面攒宽开槽装心板桌面。

高束腰上开炮仗洞，下带托腮。

带柱垂花栏，栏板开有炮仗洞。

腿子侧面三弯成直角拐子形，腿子间加枨条成框，带锼花牙条装饰，再下为托泥座。

透雕如意纹形霸王枨。

解析

　　琴桌作为架琴筝的专用桌，为了音响共鸣效果往往束腰较高，桌石下设共鸣钢线。这是一件造型十分特殊的琴桌，它结合了条桌和条案的结构因素，造型复杂，结构繁复。为清乾隆时期紫檀家具之典型，极为少见。素混面攒宽开槽装心板为桌面，桌面两头明显长出束腰，桌面下方两侧装带柱垂花栏，栏板也开有炮仗洞。高束腰上开炮仗洞，下带托腮。牙板与腿成框，腿子侧面三弯成直角拐子形，腿子间加枨条成框，带锼花牙条装饰，再下为托泥座。霸王枨为透雕如意纹形。小桌大漆为面，段纹清晰。

简介

紫檀漆面琴桌

朝　　代：	清乾隆
尺　　寸：	86.5×115.5×46.5厘米
估　　价：	人民币15万元－20万元
成 交 价：	
拍卖公司：	中国嘉德
拍卖日期：	1996年4月20日

冰盘沿攒框装板桌面，边角包裹铁镀金加固饰件。

高束腰。

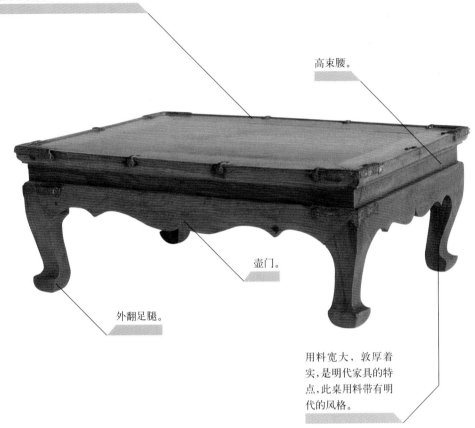

壶门。

外翻足腿。

用料宽大，敦厚着实，是明代家具的特点，此桌用料带有明代的风格。

解 析

　　此桌造型古雅，基本没有任何雕饰。尺寸虽小，用料却不薄，全黄花梨材质，面子下设穿带两根。牙条宽厚，腿子起肩稍收，做外翻腿式样。桌面、桌腿多处包裹铁镀金加固饰件，显然这是一件供外出活动时携带的、特别坚固耐用的家具。清雍正朝造办处《活计档》中有此类炕桌的制作记载。此桌虽为明式，但在清代初期制造量最大，宫廷中所谓"宴桌"多为此式。

简介

黄花梨有束腰小炕桌

朝　　代：清早期
尺　　寸：23.2厘米
估　　价：人民币1.5万元－2.5万元
成 交 价：人民币5.06万元
拍卖公司：中国嘉德
拍卖日期：1998年10月28日

桌板立面冰盘沿线角
加透雕云蝠、灵龙。

矮束腰。

腿足和牙板满雕西番莲
花。

角牙透雕。

内翻马蹄足。

解 析

　　此画桌为黄花梨材质，
束腰条桌式样，雕饰精美，图
案生动流畅。桌面髹黑漆，断
纹精美，穿带倒棱，底面披细
麻髹黑漆，腿足两侧的角牙
头为挖缺做，这些都是清代
宫廷家具上常见的做法，此
桌保存完好，是一件十分难
得的"原来头"——未曾修复
的家具精品。

简 介

黄花梨有束腰雕花画桌

朝　　代：	清早期
尺　　寸：	85.5厘米
估　　价：	人民币40万元－60万元
成 交 价：	人民币114.4万元
拍卖公司：	中国嘉德
拍卖日期：	1998年10月28日

漆层表面为黑漆，底漆为紫漆，通身有断纹，为年代久远所致。

素混平几面。

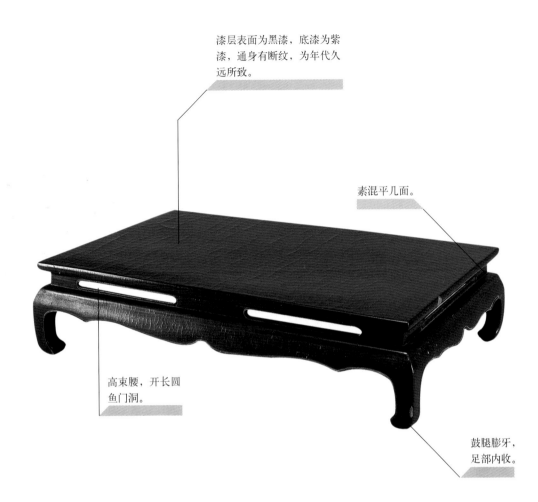

高束腰，开长圆鱼门洞。

鼓腿膨牙，足部内收。

解　析

　　素混平几面，表黑漆无纹，里紫漆。通身有断纹，几面蛇腹间流水。高束腰，开长圆鱼门洞，正面二，侧面一。鼓腿膨牙，兜转有力。牙子挖壶门式轮廓，沿边起灯草线。造型优雅而古趣，是典型的明清之际的产品。

简 介

黑漆小几

朝　　代：清早期
尺　　寸：12.5 × 50.5 × 30.5厘米
估　　价：人民币1.5万元—2.5万元
成 交 价：人民币17.6万元
拍卖公司：中国嘉德
拍卖日期：2003年11月26日

卷面和侧板对接倒圆。

牙板浑厚宽大，浮雕拐子龙纹。

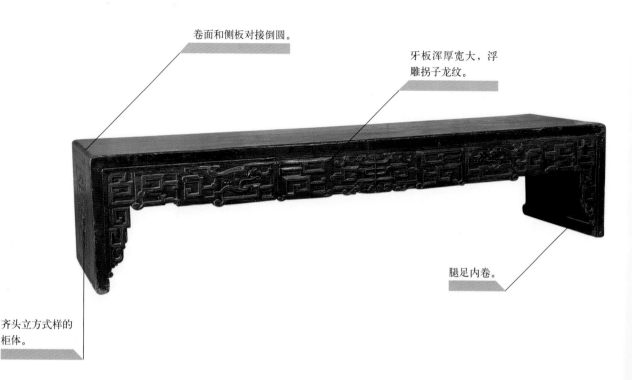

齐头立方式样的柜体。

腿足内卷。

解析

下卷即炕几，为炕上靠墙陈设物品之用，此件下卷较一般之下卷要长且矮，典型北方做工，风格粗犷，线条浑圆有力，但又一丝不苟，非常工整。正面牙板两侧起阳线雕拐子龙相对，中间雕"寿"字。另两侧板雕阴线图案，与正面板牙起阳线工艺对称。

简介

核桃木拐子龙下卷

朝　　代：清早期
尺　　寸：155 × 44 × 36 厘米
估　　价：人民币0.8万元–1.5万元
成 交 价：
拍卖公司：太平洋
拍卖日期：2004 年 6 月 27 日

冰盘沿起线攒框装板案面，面框厚
重，几乎与牙板同宽。

腿子为方材边缘起阳线，
外挓明显。

素混面起双线攒框镶板
桌面，面板厚重。

解 析

　　这件画案造型传统，方材
大料，朴素大方，吊头牙镂成
云头状，除了在冰盘沿、牙板、
牙头、腿子边缘起阳线外，无
多余装饰雕琢。腿子为方材，
外挓明显，腿子间由双枨相
连，保存完好。

简 介

柏木插肩榫平头画案

朝　代：清早期
尺　寸：179 × 73 × 80 厘米
估　价：人民币0.58万元－0.88万元
成 交 价：
拍卖公司：太平洋
拍卖日期：2003 年 7 月 9 日

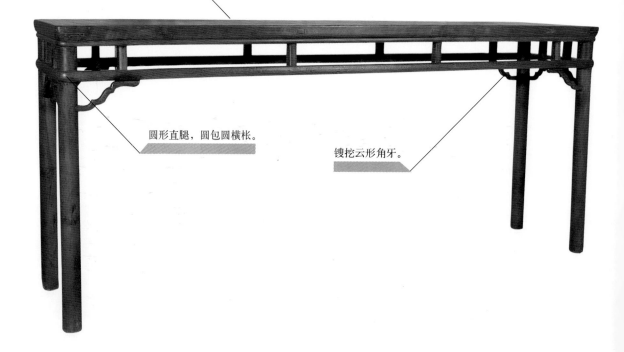

冰盘沿攒边装板桌面，
下加劈材衬料。

圆形直腿，圆包圆横枨。

镂挖云形角牙。

解 析

这件长桌是山西晋做家具中的典型代表。冰盘沿案面攒边装板，下加劈材衬料。圆包圆横枨，横枨上加矮老。其下有角牙相托。形制大方，气势磅礴。

简 介

核桃木圆腿长桌

朝　　代：清早期
尺　　寸：201×43×88厘米
估　　价：人民币3.5万元－5.5万元
成 交 价：
拍卖公司：太平洋
拍卖日期：2004年6月27日

素混面攒框桌面。

黄杨木透雕
"寿"字形卡
子花。

束腰与牙条为一木连做。

罗锅枨。

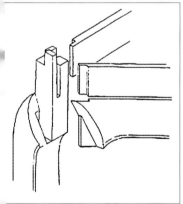

方桌腿子·榫卯结构

直腿内侧起阳线。

回纹内翻马蹄足。

解 析

　　此方桌为紫檀材质，用料
皆取方材。束腰与牙条为一木
连做，罗锅枨上下起阳线装
饰，黄杨木透雕"寿"字形卡
子花代替了矮老，腿、足均有
独特的时代风格。因此桌下有
较大的空间。方桌用料充裕，
制作工艺精细，是清代中期的
特点。

简 介

紫檀方桌

朝　　代：清中期
尺　　寸：88 厘米
估　　价：人民币 6 万元－8 万元
成 交 价：人民币 6.05 万元
拍卖公司：中国嘉德
拍卖日期：1998 年 10 月 28 日

桌面沿边抹线角
为四面平。

牙条、牙头为洼堂减地浮
雕花纹。

直方托泥座，素雅大方。

案子档板安装

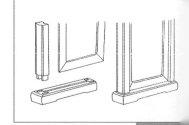

解　析

　　这件条案紫檀包镶，包镶一般指百衲包镶，即使用小片木材或其它物料拼接成图案，作为家具贴面。此案面的古钱图案，就是以包镶方法制成，这种装饰手法在家具中使用十分少见。此案采用夹头榫，整体与结构比例均匀，简洁庄重。

　　附带在这里说明一下：在清代苏做家具中，有使用柴木为胎、硬木贴面的包镶家具，目的在于节省珍贵木材，并取其体轻便于搬动的特点，这种包镶就不是单纯以装饰为目的了。

60

简　介

紫檀包镶条案

朝　　代：清中期
尺　　寸：86.5 × 204.5 × 48 厘米
估　　价：人民币 9 万元－12 万元
成 交 价：人民币 13.2 万元
拍卖公司：中国嘉德
拍卖日期：2001 年 11 月 4 日

素混面桌面、凳面。

扭绳纹透雕牙板。

内收式拐子直腿，使桌椅的体态显得更加轻灵。

透雕踏步屉板。

兽口衔珠式足脚。

解析

　　这套红木圆桌配四个圆凳，形制风格统一，桌凳均为五腿，腿子为拐子直腿，腿子下部内缩，腿角为兽口衔珠式样。面下装扭绳纹透雕牙板，五腿间装有透雕踏步屉板，凳面为落膛装板。整套家具工艺精细，保存完好，适合成套陈设于厅堂之中，应该是清代后期苏州、上海一带的产品。

简介

红木圆桌、凳

朝　　代：清后期
尺　　寸：尺寸不详
估　　价：人民币 7 万元－9 万元
成 交 价：人民币 12.1 万元
拍卖公司：中国嘉德
拍卖日期：2001 年 11 月 4 日

开光镂雕云纹绦
环板束腰。

冰盘沿起线几面。

托腮。

镂花吊角牙。

几腿起线秀丽，刀工极
佳，直腿内翻马蹄足。

取料扁、宽，纤秀
而稳固。

托泥榫卯结构

62

解 析

　　此香几全材为紫檀，材质
优良。冰盘沿几面下设高束
腰，束腰绦环板分段开光镂雕
云纹，上下设托腮。直腿内侧
环起阳线，并加装镂雕小角
牙，足脚为内翻回纹马蹄，足
下承托泥。整件香几雕刻细腻
流畅，整体风格素雅大方，舒
展自然。

简
介

紫檀束腰香几

朝　　代：清中期
尺　　寸：90.5 × 42.5 × 42.5 厘米
估　　价：人民币 6 万元－8 万元
成 交 价：人民币 13.2 万元
拍卖公司：中国嘉德
拍卖日期：2002 年 11 月 3 日

冰盘沿起线攒框装板并设拦水线桌面。

束腰与牙板一木连做，四面牙板剞成壶门轮廓。

壶门牙板减地平雕缠枝西番莲花纹。

三弯腿。

攒框打槽装板结构

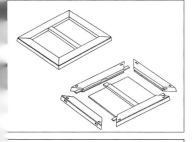

如意云头状足。

解 析

这件炕桌形制秀巧，古朴雅致。桌面攒框装板并设拦水线，束腰与牙板一木连做，牙板剞成壶门轮廓，起阳线，减地平雕缠枝西番莲花纹。腿为三弯腿形式，足部向内侧圆卷，并雕凹线云头如意状。此桌的式样为明式，制作时代不会晚于清中期。

简 介

黄花梨雕花炕桌

朝　　代：清中期
尺　　寸：29.5 × 69.5 × 42 厘米
估　　价：人民币3.5万元－4.5万元
成 交 价：人民币3.85万元
拍卖公司：中国嘉德
拍卖日期：2003 年 11 月 26 日

雕花牦子。

冰盘沿攒框桌面。

高束腰，束腰上开炮仗洞式绦环图案。

托腮处浮雕莲花纹。

镂雕灵芝云状卡子花。

方直腿，回纹马蹄足。

解 析

此琴桌为条桌形式，工料考究，雕饰精美，较普通半桌略矮，以便枕琴抚弹。牙子减地浮雕莲花瓣纹，卡子花为灵芝云状，工艺精细，于束腰处饰炮仗洞式绦环图案，此桌的雕刻装饰是清中期的典型。桌面冰盘沿攒框装心，底部细麻糅朱漆，腿部起阳线，内翻回纹马蹄足，造型稳中见动感。

64

简 介

紫檀琴桌

朝　　代：清中期
尺　　寸：82 × 129 × 43 厘米
估　　价：人民币 28 万元 – 38 万元
成 交 价：
拍卖公司：中国嘉德
拍卖日期：2003 年 11 月 26 日

罗锅枨下弯巨大，不同
于常见者。

素混面起双线攒框镶板
桌面，面板厚重。

牙、枨、腿通体竹节工，这
是此桌的装饰主题。

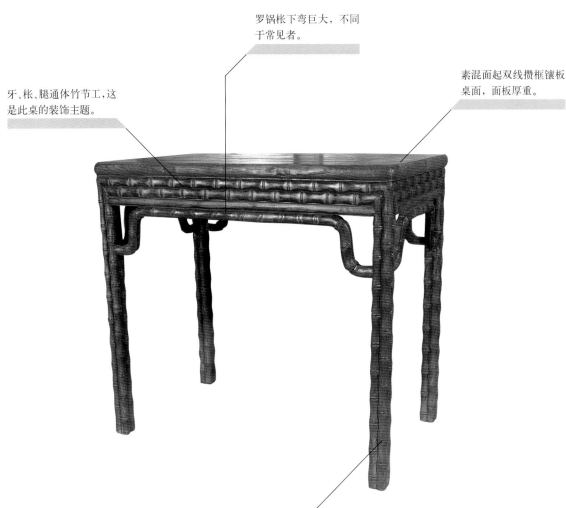

腿牙为劈料做法。

解 析

　　此桌整体比例近于半桌，桌面为素混面起双线攒框镶板，桌子除案面边框和横枨为素工外，牙、枨、腿通体竹节工。牙板为劈料竹节纹，无束腰，罗锅枨上顶横枨。腿部也做方材劈料竹节。此类条桌非常少见，从其用材、造型和做工朴素敦实这一点来看，当属北方民间所制。

简介

槐木无束腰竹节条桌

朝　　代：清中期
尺　　寸：92×56×84厘米
估　　价：人民币2.2万元-3.8万元
成 交 价：
拍卖公司：太平洋
拍卖日期：2004年6月27日

桌面下卷，此为圆式，故称为圆头琴桌。

透雕缠绳纹牙板。

双起棱桌腿，清代家具的桌腿变化比较大，这是实例之一。桌腿的变化是区别明式和清式家具的关键特点之一。

解析

　　琴桌是清代苏式家具中一种独特的长条形桌子，既可用来陈设古琴、古筝，又可以说是一种名副其实的陈设壁桌，使用灵活。直到晚清时仍然十分流行，除了圆头琴桌之外，还有方头琴桌。在此类家具中，以镶嵌云石、瘿木、彩画瓷板的硬木器物比较名贵。桌面下卷，面板为瘿木，纹理雅致，以透雕缠绳纹作牙板，桌腿双起棱，整件器物给人以玲珑、轻盈的感觉。此类下卷式琴桌为清晚期最为成功、最具代表性的家具式样。

简介

红木瘿木面圆头琴桌

朝　　代:	清晚期
尺　　寸:	81 厘米
估　　价:	人民币 4 万元－6 万元
成 交 价:	人民币 4.4 万元
拍卖公司:	中国嘉德
拍卖日期:	1998 年 10 月 28 日

素混攒框桌面。

透雕缠枝纹吊牙、站角牙，这是最典型的中国装饰。

柱形桌腿为方材取圆，上饰多道弦纹，下端与三足榫接，这是典型的西式家具的结构与装饰特点。

解 析

这是一件受到西方家具影响的晚清—民国时期的家具，它采用的是单腿三足式样，柱形桌腿为方材取圆，上饰多道弦纹，上端承接桌面，下端与三足榫接。素混攒框桌面周遭环镶透雕缠枝纹吊牙，与腿足上的同类花纹站角牙辉映成趣，相得益彰。

简 介

紫檀面红木腿圆桌

朝　　代：清晚期—民国
尺　　寸：84 × 87 厘米
估　　价：人民币 2 万元 — 5 万元
成 交 价：
拍卖公司：太平洋
拍卖日期：2003 年 7 月 9 日

素混面攒框打槽
装板桌面。

雕纹小角牙。

倒棱方腿镶铜足
套。

解 析

这件炕几造型极为简单，
几面为攒框打槽装板，面板是
一板裁开对拼，几面下装小角
牙，腿足和穿带均为方材倒
棱，为典型紫檀做工。四周錾
花铜包角及足套保存完好。

简介

紫檀镶铜包角炕几

朝　　代：清
尺　　寸：77厘米
估　　价：人民币2.5万元－3.5万元
成 交 价：人民币4.62万元
拍卖公司：中国嘉德
拍卖日期：2000年11月6日

裹腿又称圆包圆。

桌面边抹线角上下近圆。

仰俯"山"字榥
格。

仿竹节形圆腿。

圆包圆结构

解 析

竹节式小桌为裹腿式。边
抹与直榥之间安仰俯"山"字
榥格，这种装饰方式是从《园
冶》所谓笔管式栏杆变化而来
的，每面设五组，看面左右对
称，美观大方。直榥下安装角
牙，四腿足雕饰竹节形。通体
为紫檀圆材，做工讲究，就风
格而言属清代中期的作品，保
存完好，在紫檀传世品中极为
难得。

简 介

紫檀竹节桌

朝　　代：清
尺　　寸：92 厘米
估　　价：人民币 20 万元－30 万元
成 交 价：人民币 22 万元
拍卖公司：中国嘉德
拍卖日期：2000 年 11 月 6 日

横枨以拐子套系
福磬及镂雕如意
头装饰，其下安
捌子角牙，装饰
新颖别致。

高束腰。

角牙雕回纹，角
起银线。

内翻马蹄腿。

解 析

　　长桌高束腰，桌面攒框装
板，横枨以拐子套系福磬及镂
雕如意头装饰，其下安角牙，
装饰新颖别致。全器为紫檀材
质，用材精良，包浆亮丽，保
存完好，为清中期紫檀长桌的
典型。

简 介

紫檀长桌

朝　　代：清
尺　　寸：162 厘米
估　　价：人民币 25 万元 − 35 万元
成 交 价：人民币 44.55 万元
拍卖公司：中国嘉德
拍卖日期：2000 年 11 月 6 日

冰盘沿起线攒框
装板桌面。

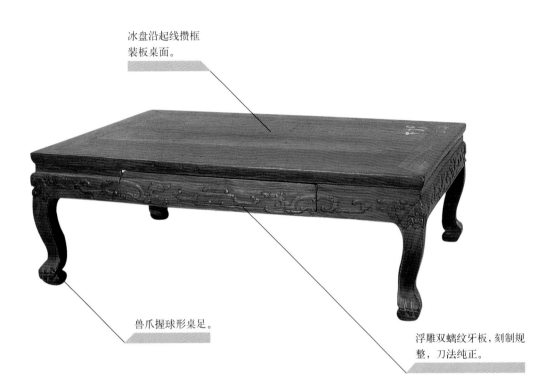

兽爪握球形桌足。

浮雕双螭纹牙板，刻制规
整，刀法纯正。

解 析

　　此炕桌造型简洁，装饰华丽，为黄花梨材质，用料考究。桌面为攒框装板，下设束腰，束腰与牙板为一木做，桌子正面沿束腰和牙板开一洞，设一内置抽屉。四面牙板浮雕双螭纹，牙板与腿足格肩相交处雕兽面纹，三弯形腿，四足做兽爪握球形。其装饰图案具有明显的清初特征。

简介 **黄花梨抽屉式炕桌**

朝　　代：清
尺　　寸：80厘米
估　　价：人民币2.5万元－3.5万元
成 交 价：人民币3.3万元
拍卖公司：中国嘉德
拍卖日期：2000年11月6日

束腰极高，加竹节形矮老，绦环板浮雕双螭。

桌内为铜胆。

鼓腿膨牙。

腿部雕兽头。

腿下弯至足呈兽爪握球状。

解析

　　鱼桌为观赏金鱼而做，面板以玻璃代替，可以随时换水添食。束腰极高，为的是藏住桌内铜胆，竹节形矮老，绦环板雕双螭。束腰以下为鼓腿膨牙式样，腿部雕兽头，下弯至足呈兽爪状。爪下设一半球，使腿部显得粗壮有力。纹饰以龙为主，牙板龙纹呈奔走状，尾部演变为卷草纹；束腰龙纹以中间板为对称展开，图案规则中富于变化。鱼桌因长年置水，故用料粗硕，一为承重，二也兼顾审美。此鱼桌为炕桌形式，小巧而凝重，曾为"清水山房"藏品。

简介

紫檀木螭纹鱼桌

朝　代：清
尺　寸：48×69×55.5厘米
估　价：人民币25万元－35万元
成交价：
拍卖公司：中国嘉德
拍卖日期：1995年10月9日

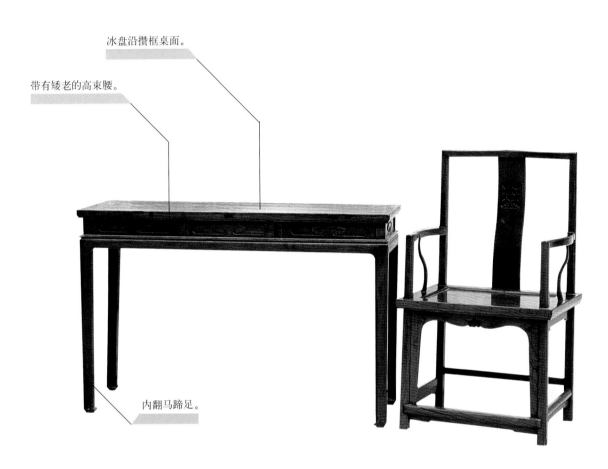

冰盘沿攒框桌面。

带有矮老的高束腰。

内翻马蹄足。

解析

　　此桌为核桃木材质，核桃
木是非硬性材料，是晋做家具
的常用材料，在明清家具中则
很少见，因此推测此桌的制作
年代应该是清末时期。桌面下
为高束腰加矮老，束腰开洞设
扁抽屉三个，铲地起线雕云纹
装饰，腿足方材，内翻马蹄足
式样。整件桌子做工规整，简
洁大方，古朴雅致。

73

简介　　**核桃木半桌**

朝　　代：清
尺　　寸：宽97.5厘米
估　　价：人民币1.2万元－2.2万元
成 交 价：人民币1.98万元
拍卖公司：中国嘉德
拍卖日期：2000年11月6日

劈材攒框装板桌面。

牙条包腿。

三弯腿外翻球足。

解 析

　　此类半桌通常陈设于墙边，如果是两只，可以拼合成一只完整的圆桌。这只半桌为榆木制器，桌面为劈材攒框式，三弯腿外翻球足，鼓腿膨牙，牙条镂花包腿，通体外饰黑漆。此桌造型庄重，属北方制作。

简介

榆木黑漆雕花半圆桌

朝　　代：清
尺　　寸：93×47×85厘米
估　　价：人民币0.8万元－1.2万元
成 交 价：
拍卖公司：太平洋
拍卖日期：2001年11月4日

劈材垛边攒框桌面。

束腰带矮老镶
绦环板。

景泰蓝镶条、角牙。

套镶铜足。

解 析

　　圆腿，直枨与垛边均采用裹圆做法，矮老也做成圆形，内装镂空绦环板，整体做得圆润古朴。在绦环板中间镶有景泰蓝装饰，坠角牙亦采用景泰蓝饰件，使古朴中添几分华丽。足部镶有圆型铜套与其它装饰呼应。曾是"清水山房"的收藏品。

简 介

紫檀木裹圆条桌

朝　　代：清
尺　　寸：83 × 174 × 55.5厘米
估　　价：人民币20万元－30万元
成 交 价：
拍卖公司：中国嘉德
拍卖日期：1995年10月9日

图
版
总
索
引

上　下

《中华文物详鉴》丛书

明清家具

·下卷·

刘建龙 著

上海人民美术出版社

腿的上部膨出，逐渐内敛变细，至足部迅速甩出。

冰盘沿起阳线攒框案面，面板三拼。

高束腰，以竹形矮老分隔，绦环板浮雕龙纹。

壶门牙板浮雕二龙抢珠。

足为内翻球式样。

解析

此画桌用料壮硕，面板三拼，牙板宽厚，四腿弯度大。高束腰，以竹形矮老分隔，绦环板浮雕龙纹，牙板浮雕对龙，二龙抢珠。龙纹圆头细颈，怒目圆睁，五爪雄壮有力，为清早期典型纹饰。腿的上部膨出，逐渐内敛变细，至足部迅速甩出，再做内翻球，使蹬踏非常有力。牙板壶门曲线与腿部曲线相接，柔婉优美。除面板以外，满雕纹饰，富丽堂皇。是"清水山房"的藏品。

简介 紫檀木高束腰大画桌

朝　　代：清
尺　　寸：89 × 182.5 × 96 厘米
估　　价：人民币 45 万元 − 60 万元
成 交 价：
拍卖公司：中国嘉德
拍卖日期：1995 年 10 月 9 日

直枨与大边之间另装小框，加矮老，
中间装饰双环卡子花。

黄花梨木面心。

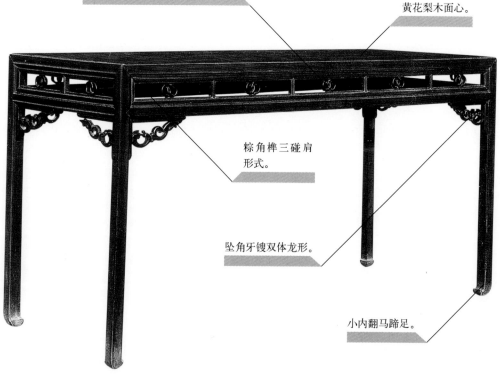

棕角榫三碰肩
形式。

坠角牙镂双体龙形。

小内翻马蹄足。

解析

此画桌采用三碰肩棕角榫形式，通体打洼起线。直枨与大边之间另装小框，加矮老，中间装饰双环卡子花。坠角牙镂双体龙纹，剔透文雅。足部一反常规，挖成内翻马蹄。面心为黄花梨木，分色明显。整体刚柔相济，静穆素雅。曾是"清水山房"的藏品。

简介

紫檀木黄花梨面双环卡子花打洼画桌

朝　　代：清
尺　　寸：89.5×173×67厘米
估　　价：人民币20万元—30万元
成 交 价：
拍卖公司：中国嘉德
拍卖日期：1995年10月9日

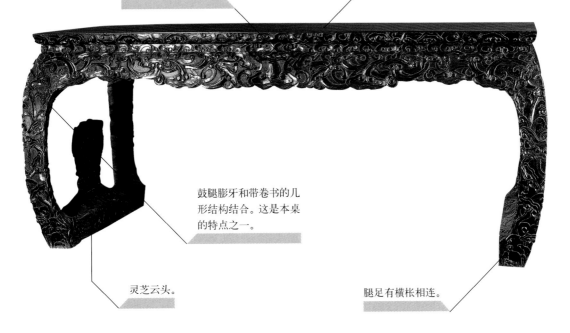

灵芝纹的雕刻又是此器
物的另一大特点。

攒框桌石，边
抹，束腰，牙板
一体雕刻。

鼓腿膨牙和带卷书的几
形结构结合。这是本桌
的特点之一。

灵芝云头。

腿足有横枨相连。

解 析

　　这件器物是民国时仿制
的，明代原物为紫檀材质，现
藏于北京故宫博物院。此桌除
了桌面外，通体浮雕灵芝纹，
它的牙子和束腰虽有雕花，但
与一般画桌尚没有太大的区
别，其最有特点的地方在腿子
上，这种大型的鼓腿膨牙形制
除此之外还未得见，腿下又有
横枨相连，横枨中部还翻出有
灵芝纹组成的云头，整体造型
上吸收了带卷书的几形结构，
是明式同类家具中的特例。灵
芝纹的雕刻又是此器物的另
一大特点，灵芝朵朵大小相
间，随意生发，丰腴圆润。郭
葆昌由牛街蜡铺黄家得到这
件器物后曾请人仿制，因缺少
紫檀大料，故以铁梨代之，因
此原件及仿制品在民国时就
十分有名。

简 介

铁梨木雕灵芝桌

朝　　代：民国
尺　　寸：85 厘米
估　　价：人民币 40 万元 –60 万元
成 交 价：
拍卖公司：天津国拍
拍卖日期：2000 年 11 月 7 日

座椅之靠背、扶手及椅脚,透雕有夔龙二十条。

书桌周身雕满传统的夔龙纹饰,达四十条之多,寓意"威严、吉祥、长寿"。采用平底浮雕法,浮雕之底面,极其平整,非高手艺匠不所能及。

四根粗大夔龙造型椅脚分外突出显眼。

解析

　　这套办公室书桌椅,系从美国辗转回归的政要名人家具。1998年美国纽约长岛孔祥熙故居售于地产商,遗留一些文物家具。地产商于1999年1月30日委托美国康州Braswell Galleies拍卖行举行了一场专拍。因宋美龄自1975年以来长期居住在孔宅,故该场专拍被定名为"蒋介石夫人旧居古董家具拍卖会"。拍卖会中最引人注目的,就是这套名为蒋介石、宋美龄办公桌椅的套件。

　　书桌为双基座,中国柚木材质,满工雕刻,长方形桌面,左右两侧各有四个抽屉,中间置膝处上方则为一长屉。抽屉面板与拉手,均精雕细刻夔龙造形。扶手椅为西方旋转椅子底座加中式扶手椅子形制,座椅靠背满工雕刻,由樟木制成,坐面为棕色活动皮坐垫。此款桌椅套件为中西合璧形制,造型典雅,雕饰图案,相配得体。

79

蒋介石、宋美龄用办公桌椅

简介

朝　　代:	近现代
尺　　寸:	81 × 154 × 83 厘米(书桌)　97 × 48 × 56 厘米(座椅)
估　　价:	
成 交 价:	人民币 308 万元
拍卖公司:	北京传是
拍卖日期:	2004 年 6 月 25 日

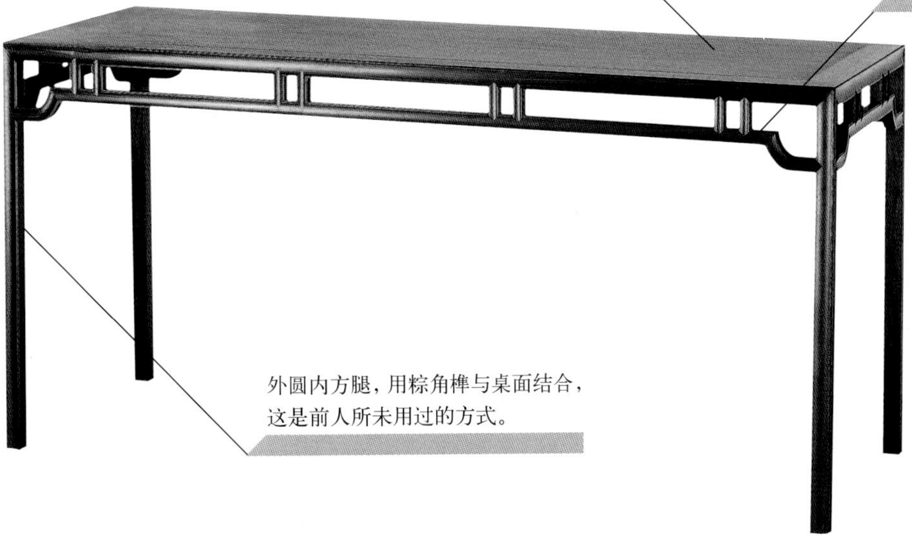

素混面、攒框装板桌面。

变体罗锅枨，通过双矮老
与桌面相接。

外圆内方腿，用棕角榫与桌面结合，
这是前人所未用过的方式。

解 析

这是一件创新的作品，既保留有明式家具高雅的格调、超凡脱俗的文人气质，又具有新时代的韵律美。是在传统基础上的成功创新，这也是作者最为满意的一件作品。画桌一牙板内侧有"明韵庚辰十七"刻款。

简介

紫檀画桌

朝　　代：现代
尺　　寸：83 × 174 × 62.5厘米
估　　价：人民币10万元－15万元
成 交 价：人民币16.5万元
拍卖公司：中国嘉德
拍卖日期：2001年11月4日

凹板束腰，很少见的一种形式。

鼓腿膨牙式。

变形的内翻大马蹄腿，系传统与现代的完美结合。

解　析

这张炕桌的式样取自明式家具，为鼓腿膨牙式，肩部向外膨出，腿足大弧度向内兜转，曲线之大超过了一般同类式样的家具，且不吝用料，以整木挖出，达到了作者欲意展现的拙朴效果。牙子、腿足内侧起阳线，端庄素雅。腿足底部有一木连做的垫足，既可避潮防朽，又减轻了视觉上的厚重感。炕桌一大边内刻"明韵己卯九"，是现代明式家具中的精品。

简　介

紫檀大方炕桌

朝　　代：现代
尺　　寸：高42厘米
估　　价：人民币3.8万元－4.8万元
成 交 价：人民币4.18万元
拍卖公司：中国嘉德
拍卖日期：2000年11月6日

素方攒框案面，框为铁梨木，面心为紫檀。

桥形的墩座。

梯形的厚材镂挖出云头纹饰作案腿。

解析

这是一件古风十足的重器，它融合了唐宋、明清和现代的设计因素，可见是作者的一件倾心力作。画案没有采用传统的攒框装档板方式做腿，而是以梯形的厚材镂挖出云头纹饰，古典风格的云头装饰在这里被发挥到极至，既不失古雅，又融入现代创新意识，富于个性化，是最能体现作者设计理念的代表作之一。下部以桥形的墩座承托，加之素方宽大的案面，不仅赋予其恢弘气势，而且风格简洁。画案用料厚重，目前还未见过如此巨型画案。除案面边框为铁梨木制作外，大案架墩与面心板均为紫檀木制作，由于体态硕大，采用了活插榫结构，可拆成五个部件，便于移动。

简介

紫檀铁梨木云头架墩大画案

朝　　代：现代
尺　　寸：80 × 308.5 × 96 厘米
估　　价：人民币 38 万元 − 48 万元
成 交 价：
拍卖公司：中国嘉德
拍卖日期：2004 年 5 月 17 日

劈料垛边攒框桌面。

灵芝纹吊牙。

灵芝纹站牙，下面
六个，上面三个。

木轴结构。

攒框镶灵芝纹底座。

六只支足。

解 析

这件圆桌设计制作十分精巧，圆座、圆桌面和谐美丽，桌面由单柱支撑，柱子中设计木轴，使桌面能够旋转。桌子的装饰使用了传统灵芝纹饰，底座六足，打框镶嵌灵芝纹，据清代内务档记载这种形制的桌子是雍正八年皇帝指示海望、年希尧制作的，说明这种做法的桌是清代发明的，因为是宫中使用，同类器物十分罕见。

简 介 红木雕灵芝纹旋转圆桌

朝　　代：近代
尺　　寸：78.7 × 88.2 厘米
估　　价：
成 交 价：人民币 0.99 万元
拍卖公司：天津文物
拍卖日期：2004 年 6 月 24 日

三块围子为一寸厚的独板材，不加雕饰，十分整洁，仅后围拼一小条，这是紫檀缺少大料的缘故，用料如此，也属难能可贵了。

厚板两段粘拍窄条立材，为的是掩盖断面色暗而呆滞的木纹，并有助于防止开裂。

榻板底边装饰"冰盘沿"，压边线一道。藤编软屉。

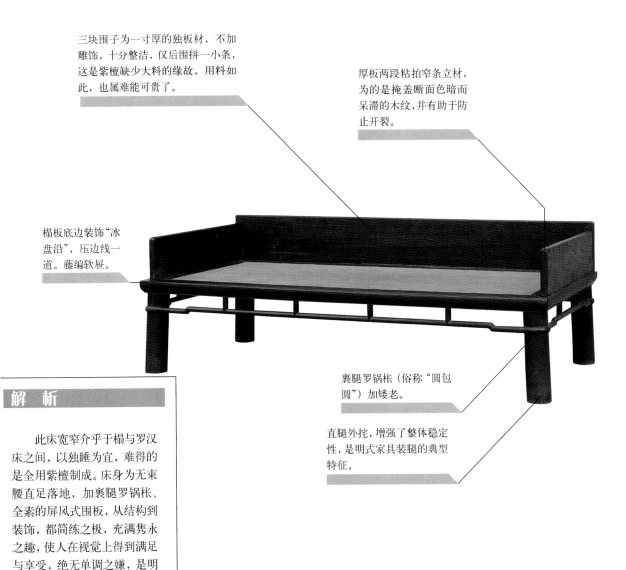

裹腿罗锅枨（俗称"圆包圆"）加矮老。

直腿外拖，增强了整体稳定性，是明式家具装腿的典型特征。

解 析

此床宽窄介乎于榻与罗汉床之间，以独睡为宜，难得的是全用紫檀制成。床身为无束腰直足落地，加裹腿罗锅枨、全素的屏风式围板，从结构到装饰，都简练之极，充满隽永之趣，使人在视觉上得到满足与享受，绝无单调之嫌，是明式家具中难得的精品。

紫檀在现代植物学上属檀属蔷薇木，明清家具中所用均来自于印度、菲律宾、马来西亚、中国广东等地。此树种为落叶乔木，也有常绿者，材质致密坚硬，有些部位肉眼看不出木纹，是硬木中分量最重的材料。其边材狭，心材为血褐色，有芳香。制作家具使用心材，其氧化后呈黑色。目前此树种在安达曼群岛、非洲、拉丁美洲、印度半岛均有发现。

84

简介 **紫檀全素三屏风独板围子罗汉床**

朝　　代: 明
尺　　寸: 193 × 96 × 65 厘米
估　　价: 人民币150万元－260万元
成 交 价: 人民币154万元
拍卖公司: 北京翰海
拍卖日期: 1999 年 7 月 5 日

榻板边抹劈料垛边。

软屉床石。

裹腿枨采用罗锅枨加矮老形式。

圆包圆的做法。

圆柱形直腿，是明代特征的腿形。

解析

木榻又称睡榻，其器形出现较早，在宋人的绘画中已经可以看到。此榻采用圆枨裹住圆腿的做法，俗称裹腿，或"圆包圆"。裹腿枨采用罗锅枨加矮老形式，简洁实用。罗锅枨弯曲处尽可能接近腿部，使美观坚固的作用充分发挥。整榻狭长，细藤屉，式样古朴，是"清水山房"的旧藏。

简介

黄花梨直足睡榻

朝　　代：明
尺　　寸：52 × 212.5 × 64 厘米
估　　价：人民币 20 万元 –30 万元
成 交 价：
拍卖公司：中国嘉德
拍卖日期：1995 年 10 月 9 日

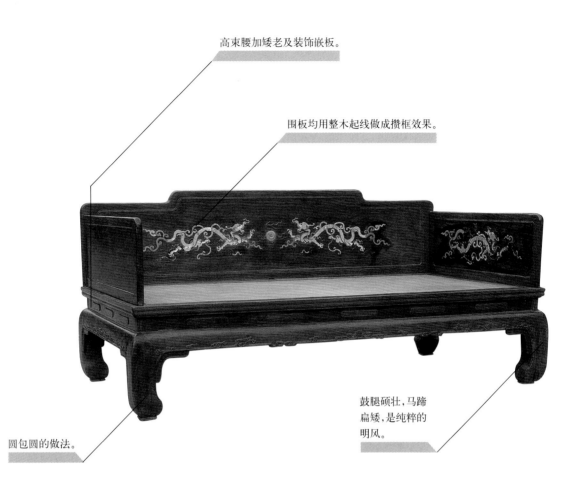

高束腰加矮老及装饰嵌板。

围板均用整木起线做成攒框效果。

鼓腿硕壮，马蹄扁矮，是纯粹的明风。

圆包圆的做法。

走马销结构

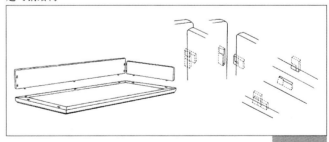

86

解析

"罗汉床"是北方的通称，南方没有。此床硕大庄重，围板上有螺钿、珊瑚、松石、象牙等名贵材料嵌龙纹四具，俗称百宝嵌。此种工艺在明末清初非常流行。四龙威猛飞扬，生动异常。中间嵌有火珠，构成二龙抢珠纹。三块围板均用整木，起线做成攒框效果，与镶嵌工艺呼应，可谓锦上添花。高束腰，鼓腿膨牙，用料壮硕，兜转有力，仅在转角衔接处加一角牙，实用而美观。百宝嵌因名贵且工艺复杂，且大器不易保存，故传世极少。

简介

黄花梨木百宝嵌纹罗汉床

朝　　代：明
尺　　寸：102×223.5×118厘米
估　　价：人民币50万元－65万元
成 交 价：
拍卖公司：中国嘉德
拍卖日期：1995年10月9日

围屏面开框清膛浮
雕缠草纹。

三屏式床围子为
整块独板。

冰盘沿攒框软屉床
面。

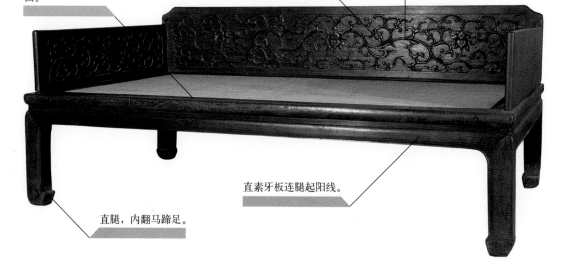

直素牙板连腿起阳线。

直腿，内翻马蹄足。

解 析

此床通体为黄花梨材质，用料豪爽，为典型的明式风格。冰盘沿攒框软屉床面，带束腰，直腿，内翻马蹄足。沿牙板、腿足内侧起阳线。三屏式床围子为整块独板制成，围子内侧浮雕缠草纹，刀工流畅，纹饰遒劲，是典型的明代做工。

简 介　黄花梨三屏式独板罗汉床

朝　　代：明
尺　　寸：116 × 80 厘米
估　　价：人民币 0.8 万元 −1.2 万元
成 交 价：
拍卖公司：太平洋
拍卖日期：2001 年 11 月 4 日

冰盘沿起线脚攒框
床面，下装束腰。

攒接曲尺围子。

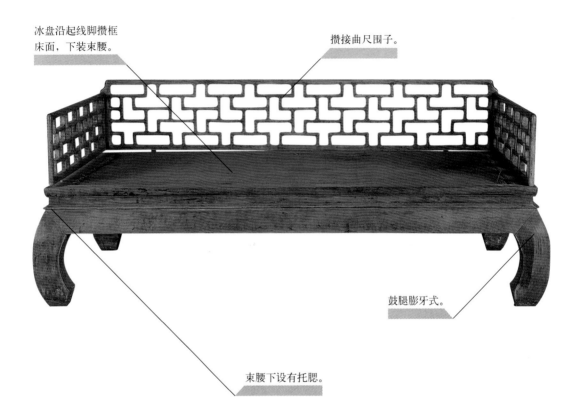

鼓腿膨牙式。

束腰下设有托腮。

解 析

此罗汉床为鼓腿膨牙式样，大挖腿（俗称香蕉腿），床身舒展稳重。三扇围子斗攒成曲尺形状，通透空灵与床身形成鲜明的对比，但两者又和谐统一，这正是明式家具的魅力所在。

简 介

黄花梨三屏风攒接曲尺罗汉床

朝　　代：明
尺　　寸：210 × 133 × 77 厘米
估　　价：人民币 11 万元
成 交 价：
拍卖公司：天津文物
拍卖日期：2004 年 6 月 24 日

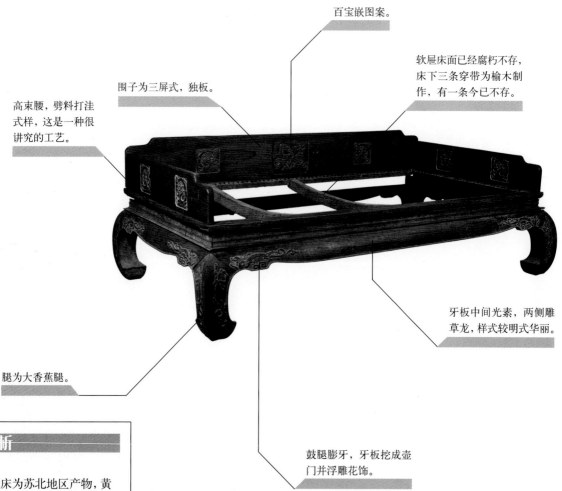

百宝嵌图案。

软屉床面已经腐朽不存，床下三条穿带为榆木制作，有一条今已不存。

围子为三屏式，独板。

高束腰，劈料打洼式样，这是一种很讲究的工艺。

牙板中间光素，两侧雕草龙，样式较明式华丽。

腿为大香蕉腿。

鼓腿膨牙，牙板挖成壶门并浮雕花饰。

解 析

　　此床为苏北地区产物，黄花梨制，木质精美，用料硕大，围子为三屏式，全部独板双面雕盘草龙。束腰，劈料打洼式样，是当时很讲究的工艺。腿为大香蕉腿，上雕两草龙。鼓腿膨牙，四面牙板也各雕两草龙，龙纹勇武有力，典型明代龙式样，极为精美。此床四面皆可观看。软屉床面已经腐朽不存，床下三条穿带为榆木制作，因年代久远，有一条今已不存。

89

简介　黄花梨三屏式独板雕龙纹罗汉床

朝　　代：明末清初
尺　　寸：220×112×85 厘米
估　　价：人民币90万元－120万元
成 交 价：
拍卖公司：太平洋
拍卖日期：2002 年 11 月 3 日

如意云纹装饰四面围板,是明、清过渡时的流行样式。

挂檐、围子均为攒格镶镂空绦环板。

刀头牙。

此床没有床盖。

床头裸露,是清早期床榻的特点。

挂檐、围子均为攒格镶镂空绦环板。

刀头牙。

带支足内卷云头足,是一种富于装饰同时也是保护床足的构件,很少见。

解 析

此六柱架子床为单人制式,在使用过程中后侧和床头、床尾紧靠墙体,因此它的腿部内缩显得没有床盘大。床盘为攒框镶床心带束腰,材料比较狭薄,但下部牙板则非常宽厚,牙板看面注堂起线。看面腿足缩进,开壶门券口,足部内收,带支足,使整体显得轻盈,后面的腿足为直方,两者由直枨相连,既稳定又省工。床围由四角起圆柱支起,床顶四面围板为攒框分格,镶带有鱼门洞的绦环板。正面迎门两柱直顶顶部围板,下部围板分做五块,后围子略高,但装饰手法一致。围板攒框由上至下分为三段式,上层为鱼门洞绦环板,中层透雕如意云纹绦环板,下层为亮堂壶门脚牙,正面柱间贴上围子镶刀头牙板。清代此类形制的架子床在安徽和浙江的民间比较流行。

90

简 介　柏木六柱架子床

朝　　代: 清早期
尺　　寸: 201 × 115 × 211 厘米
估　　价: 人民币 3 万元－5 万元
成 交 价:
拍卖公司: 太平洋
拍卖日期: 2003 年 7 月 9 日

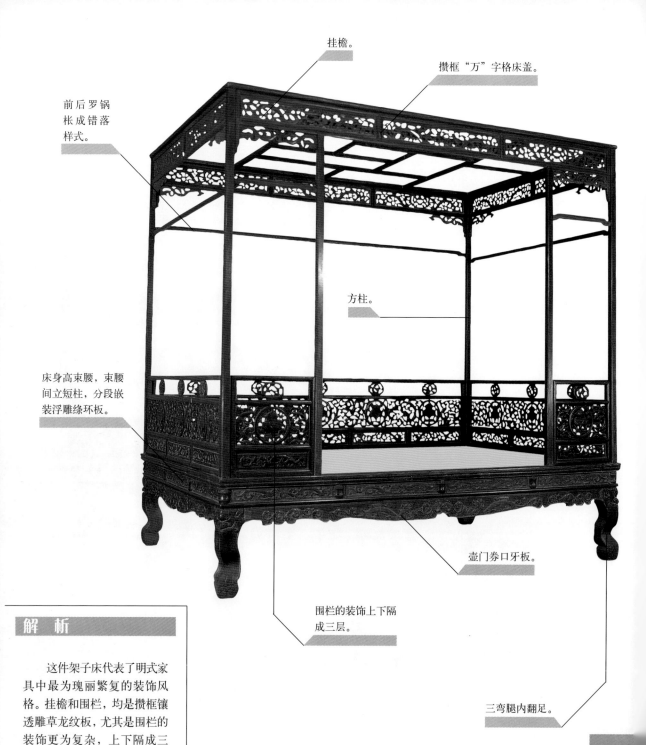

挂檐。

攒框"万"字格床盖。

前后罗锅枨成错落样式。

方柱。

床身高束腰，束腰间立短柱，分段嵌装浮雕绦环板。

壶门券口牙板。

围栏的装饰上下隔成三层。

三弯腿内翻足。

91

解 析

　　这件架子床代表了明式家具中最为瑰丽繁复的装饰风格。挂檐和围栏，均是攒框镶透雕草龙纹板，尤其是围栏的装饰更为复杂，上下隔成三层，上层嵌卡子花。六柱间以罗锅枨相连，床身高束腰，束腰间立短柱，分段嵌装浮雕绦环板。牙板开挖成壶门形，其上浮雕草龙和缠草花纹，腿为三弯腿，足部内抱，腿子肩部雕兽头。它是同期家具中体形高大又综合使用了几种雕饰手法的一件，豪华浓艳，充满了富贵气象。

简 介

黄花梨六柱架子床

朝　　代：清早期
尺　　寸：157 × 230 × 222 厘米
估　　价：人民币 80 万元 –100 万元
成 交 价：
拍卖公司：太平洋
拍卖日期：2003 年 11 月 25 日

围子及挂檐采用
独板透雕工艺。

实板床顶。

床柱为方材，下
部有柱础。

内翻回纹马
蹄足。

面框打洼，加小束
腰，打洼托腮。

解析

　　此床雕饰精美，花纹繁复
而又空灵有致。两侧及后面挂
檐的绦环板透雕灵芝纹，整个
装饰花纹华丽，做工精细。床
面攒框装软屉，床身高束腰打
洼起阳线，直牙方腿，腿子壮
硕，足脚内翻，挺拔有力。床
顶由板面构成，保存完好。是
清代中期榉木家具中的精品。

92

简介　榉木台柱架子床

朝　　代：清乾隆
尺　　寸：118.5厘米
估　　价：人民币18万元－22万元
成 交 价：人民币18.7万元
拍卖公司：中国嘉德
拍卖日期：2004年11月6日

攒框五屏围子，板心开光雕饰图案和画面。

冰盘沿起线攒框软屉床面。

托腮和束腰上雕饰几何图案。

腿子和牙板上雕饰连环拐子龙纹。

垂肚牙板。

解 析

　　此床通体紫檀制作，用料之大极为罕见。为五屏、鼓腿膨牙式样，床面为攒框软屉，有束腰。床身整体（围屏、束腰、托腮、腿子、牙板直至马蹄足）均饰以浮雕图案。雕刻极其精美，有团鹤，夔龙，事事如意纹饰，纹饰繁多，寓意丰富，使用者的身份地位绝非一般。保存完好，殊为难得。

93

简 介

紫檀五屏风式罗汉床

朝　　代：清中期
尺　　寸：210 × 150 × 100厘米
估　　价：人民币20万元—45万元
成 交 价：
拍卖公司：太平洋
拍卖日期：2002年11月3日

攒框软屉床石。

此床正中围板雕麒麟纹饰，高浮雕铲地，富丽堂皇。

两侧屏头加装雕花角牙，也是罗汉床中不多见的形式。

此床无束腰，直腿落地，是清代罗汉床中比较少见的一种形制。

大回纹马蹄足。

攒框镶绦环板代替束腰。

解 析

　　清代罗汉床一般作客厅陈设，故而较明代罗汉床外形宽大，雕工繁复。此床紫檀材质，为五屏式，床围四边打槽攒框，中心装贴皮雕板，左右围板上雕花卉纹，正中之围板雕麒麟瑞兽纹，纹饰雕刻精美流畅。床心为落膛软藤屉，无束腰，牙板也是攒框装心雕板。床腿为落地大方材直腿，材质厚重，直腿外缘起阳线，回纹马蹄。此件作品最大的特点在于制作者合理地利用少量的长材、大量的短材制作出一件布局规整、雕工考究、气度稳重的大器。

94

简介

紫檀贴皮雕瑞兽花卉罗汉床

朝　　代：清
尺　　寸：110 × 194 × 116 厘米
估　　价：人民币 12 万元 － 15 万元
成 交 价：人民币 68.2 万元
拍卖公司：中国嘉德
拍卖日期：2003 年 11 月 26 日

冰盘沿攒框落
膛软屉床面。

独板围子。

高束腰。

鼓腿膨牙。

足踏。

罗锅枨。

三弯腿, 外翻云头
足, 足下设支足。

解 析

此罗汉床采用独板三屏风
式, 围子板厚而光洁, 充分体
现了红木材质的素雅。腿部采
用三弯外翻足, 外翻足成云头
状, 灵巧有加, 使壮硕的大床
多出几分灵动。此床用料讲
究, 具有浓厚的福建地方风
格。附带有两件平板带罗锅枨
足踏。

简 介

红木素围子罗汉床

朝　　代: 清
尺　　寸: 宽 214 厘米
估　　价: 人民币 15 万元 –20 万元
成 交 价:
拍卖公司: 中国嘉德
拍卖日期: 2000 年 11 月 6 日

围子中再设攒框分格雕龙纹围板，格子上部为浮雕草龙图案，两层围框间设卡子花加以连接，极具虚实对比之美。

两扇围子与床体连做。

榻面为冰盘沿攒框软屉，下设束腰。

鼓腿膨牙，足部内收，牙板和肩部有浮雕图案。

解析

此榻花梨木制作，形制特别，床面上无任何榫眼，围子为落地式，与床体连做，围板也较高，并且减掉一侧围子，呈两面曲尺状。榻体为鼓腿膨牙，高束腰。围子上部满透雕卷草龙纹，雕刻精湛，颇具明代遗风。此榻尺寸较小，应为使用者自己设计订做之物。

简介

花梨木雕草龙睡榻

朝　　代：清
尺　　寸：103 × 163 × 95 厘米
估　　价：人民币 3 万元 - 6 万元
成 交 价：
拍卖公司：太平洋
拍卖日期：2003 年 7 月 9 日

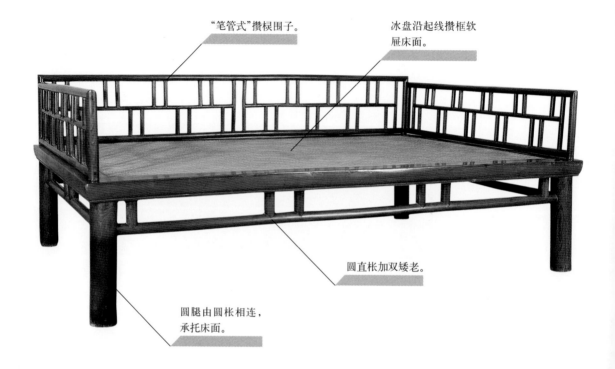

"笔管式"攒棂围子。

冰盘沿起线攒框软屉床面。

圆直枨加双矮老。

圆腿由圆枨相连，承托床面。

解　析

　　此床的围子为攒棂，又称为"笔管式"或者"直棍式"。床面用材厚重，冰盘沿起线攒框软屉床面，下装圆形直腿，腿间以直枨相连，枨上装矮老承托床面，整件器物造型简洁，线条清晰，不失为素雅的典范。

简　介

黄花梨攒棂围子三屏式罗汉床

朝　　代：清
尺　　寸：210 × 142 × 81 厘米
估　　价：人民币 1.2 万元 −1.5 万元
成 交 价：
拍卖公司：太平洋
拍卖日期：2001 年 11 月 4 日

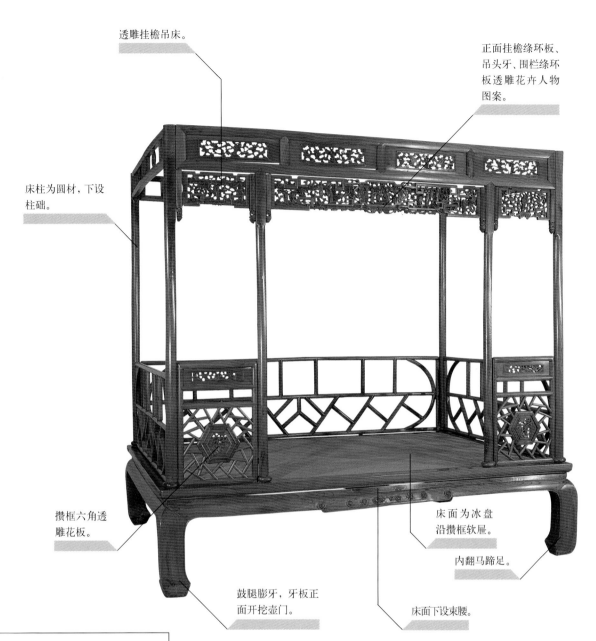

透雕挂檐吊床。

正面挂檐绦环板、吊头牙、围栏绦环板透雕花卉人物图案。

床柱为圆材，下设柱础。

攒框六角透雕花板。

床面为冰盘沿攒框软屉。

内翻马蹄足。

鼓腿膨牙，牙板正面开挖壶门。

床面下设束腰。

解 析

　　这是清代中后期南方乡村家具的代表，为榉木材质，床体硕大，用料厚重。此床的腿部较有特色，本是鼓腿膨牙形制，但是取直后显得腿部兜转更加有力。其次是正面挂檐绦环板、吊头牙、围栏绦环板透雕花卉人物图案，尤其是正面下部围栏攒镶成冰片纹加镶六角透雕花板，雕工精美，保存完好，十分少见。遗憾的是此床的盖子遗失，十分可惜。

简介　**榉木雕花台柱架子床**

朝　　代：清
尺　　寸：218 × 154 × 210 厘米
估　　价：人民币 1.5 万元－2.5 万元
成 交 价：
拍卖公司：太平洋
拍卖日期：2001 年 4 月 23 日

床盖最有特色，加有
束腰，开有鱼门洞。

看面的挂檐直通柱
底与角牙相连。

攒框床面，用材厚
重。

骨牙嵌画面。

三弯腿，兽足。

解 析

　　这是一件做工精细的带月洞门形四柱架子床，床面边框粗壮厚实，小束腰上开鱼门洞，鼓腿膨牙，腿子三弯，足做兽足。床柱为圆材，看面的挂檐直通柱底，挂牙由五块绦镶板构成，下边的角牙成手卷式样，中间部分由透雕拐子纹相连，床的两侧以及后边的围板和挂牙，都是攒框镶套环板形制，每块绦环板均为嵌牙图案。此床的床盖最有特色，加有束腰，并且也开有鱼门洞，与床面下的束腰对应。

99

简
介

硬木嵌牙雕台柱架子床

朝　　代：清
尺　　寸：220×123×224厘米
估　　价：人民币1万元-3万元
成 交 价：人民币1.1万元
拍卖公司：天津国拍
拍卖日期：2001年11月3日

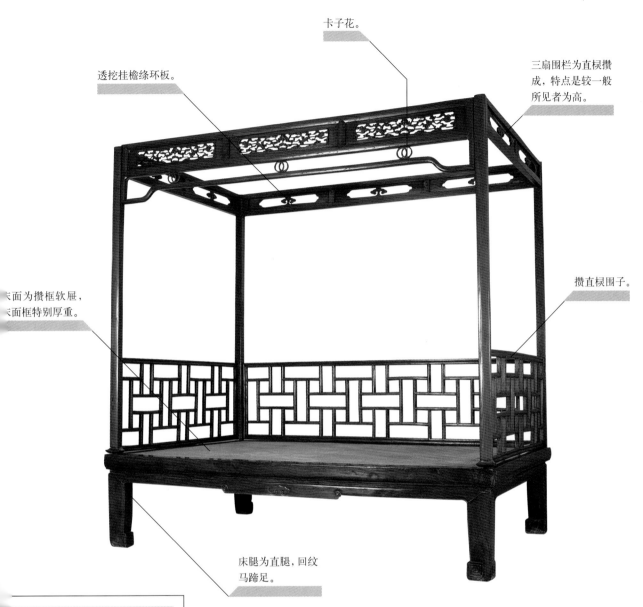

卡子花。

透挖挂檐绦环板。

三扇围栏为直棂攒成，特点是较一般所见者为高。

床面为攒框软屉，床面框特别厚重。

攒直棂围子。

床腿为直腿，回纹马蹄足。

解 析

此床用料粗重，应该属于朴素的乡村家具类型。床面以下为方材，床面以上全为圆材。床面为攒框软屉，床面下有小束腰，床腿为直腿回纹马蹄足。三扇围栏为直棂攒成，特点是较一般所见者为高。看面挂檐为攒框镶透雕绦环板，下装罗锅枨，中间设卡子花与挂檐相连。两侧和后边挂檐为攒框镶开洞绦环板作装饰。此床也没有床盖，估计是遗失了。

简 介

榉木直棂四柱架子床

朝　　代：清
尺　　寸：215×142×215厘米
估　　价：人民币1.8万元－2.2万元
成 交 价：
拍卖公司：太平洋
拍卖日期：2001年11月4日

架格的整体外面为四面光平。

方材使用敦实厚重，与一般黄花梨家具用料纤细不同。

素牙板和素牙头具有朴素的明代风格。

粽角榫结构

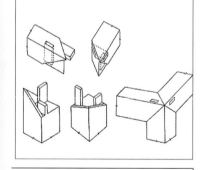

解　析

　　此架格为三层，半敞开式样，黄花梨材质，全素方材外加整块素面背板制成。无券口、圈口、栏杆或透榠等配饰，只在足部安装了牙板和牙头。造型简洁明快，用料硕大，制作简洁明快，是明代文人高雅品味和极简风格的典范。

简 介

黄花梨架格

朝　　代：明
尺　　寸：175 厘米
估　　价：人民币 20 万元－25 万元
成 交 价：人民币 22 万元
拍卖公司：中国嘉德
拍卖日期：1998 年 10 月 28 日

直材攒框，有背板。

素卷草心壶门券口。

攒枨为图案的横栏。

刀头牙。

牙板牙条均为素面，
是明代的特点。

解析

此架格体量巨大，做工素洁，用料敦实，风格属于山西晋做。它结合了两件架格为一体，半敞开式样，中间用立柱将其虚格为两部分，左右皆分三层。上两层，皆以横枨攒枨为图案，各层均加装卷草心壶门券口，两侧亦同，腿子间有素牙条。

简介

核桃木架格

朝　　代：清早期
尺　　寸：149 × 51 × 173 厘米
估　　价：人民币3.5万元－5.5万元
成 交 价：
拍卖公司：太平洋
拍卖日期：2004 年 6 月 27 日

齐头立方式样
的柜体。

白铜合叶闩杆
是清代标准的
铜活。

明镶攒框浮雕柜。

腿足镶景泰蓝足套。

宽大的浮雕牙板
在同类器物中不
多见。

解 析

　　多宝格为清代早期出现的家具品种。有极强的装饰效果。此对多宝格上部留有不规则亮格，背板与底板髹漆彩绘，十分雅致。中部有四屉一柜，便于放置杂物。下部为主柜，门板浮雕山水人物。景泰蓝铜饰件，显得华丽。正面满雕纹饰，有装饰性角牙，漆以黄漆为主，与黑色框架形成反差。背板以至屉内也髹以彩绘，颇为讲究。紫檀框架间髹彩漆为清早期奢侈做法，工艺难度大，要求很高。这类产品产量极少，此件器物雕刻与髹漆彩绘、景泰蓝饰件相结合，风格富丽豪华，可能为当时王公贵族所使用之物。曾是"清水山房"藏品。

10

简
介

紫檀木髹彩漆多宝格

朝　　代：清
尺　　寸：188 × 83 × 99 厘米
估　　价：人民币 50 万元 – 60 万元
成 交 价：
拍卖公司：中国嘉德
拍卖日期：1995 年 10 月 9 日

两件多宝阁分左右，合并时可连成一体。

齐头立方式柜体。

门面浮雕龙纹，满工不露地是清代家具的特点。

门闩杆与合叶明上，与不露地雕龙相映成趣。

浮雕垂肚牙板。

解 析

这对多宝格体积较大，在多宝格中不多见。框架四周均镶有装饰性牙条，中间设置双屉，存物方便。门板满雕，以龙纹为主，四具龙纹姿态各异，翻转腾越，动感十足。抽屉面与框架装饰牙板同样雕有龙纹，足细小亦一丝不苟；下牙板也雕有相同的龙纹，和谐统一。曾是"清水山房"的旧藏品。

简介

红木雕龙纹大多宝格

朝　　代：清
尺　　寸：219.5×125.5×40.5厘米
估　　价：人民币 25 万元－40 万元
成 交 价：人民币 30.8 万元
拍卖公司：中国嘉德
拍卖日期：1995 年 10 月 9 日

全敞开式样无背板。

用料细小，显出纤秀的风格。

中间设计抽屉在增加实用性以外，对加固架格，起到了重要的作用。

以双枨中加矮老代替传统的牙条、牙头。

解 析

　　架格为全敞开式，使用方材，用料单细而抽屉扁薄，造型轻巧疏朗，简洁明快，通体光素，所有横竖枨的看面(包括后身)均呈凹面，设计者力图通过直线与弧线的完美结合，体现淡泊宁静的文人气质。这对架格为紫檀材制，用料精良，结构考究，做工精细，兼具装饰性和实用性。

简 介

紫檀架格

朝　　代：近代
尺　　寸：202×100×50厘米
估　　价：人民币15万元－22万元
成 交 价：人民币17.6万元
拍卖公司：中国嘉德
拍卖日期：2001年5月17日

齐头立方式样的
柜体。

柜门合叶为暗镶，整个平
面不见铜质饰件。

矮老细而秀气。

以罗锅枨代替传统的牙板。

加矮老镶雕花绦
环板柜腔，在此
类器物中为独
创。

解 析

　　这对当代所制多宝格，全
部为紫檀材质，齐头立方式
样。作者熟练地把握住繁简关
系，令其繁而不俗，雕饰多为
有韵律的几何纹饰。此对多宝
格正面共开十八洞，八扇柜
门，共有十二只抽屉，格子都
是规整的矩形，简洁而大方。
为了保证雕饰的完整性，抽屉
和柜门均不装金属拉手，取而
代之的是内设杠杆结构：推左
边门右边门打开，推下抽屉上
抽屉伸出。设计独特而实用。
在风格上承袭了清代宫廷绚丽
华贵的气息，具有工艺精湛的
特点。

简介

紫檀雕螭龙纹多宝阁

朝　　代：现代
尺　　寸：223 × 228 × 44.5厘米
估　　价：人民币25万元－35万元
成 交 价：人民币29.15万元
拍卖公司：中国嘉德
拍卖日期：2003年7月13日

围栏采取桥栏式，分三段，有立柱冲出，栏杆下面装饰壸门，中间装有透雕对龙心板。

卷草纹三面券口。

四扇平硬挤门。

浮雕卷草龙牙板。

解 析

在明式家具中，有一种架格和柜子结合在一起的式样，名为亮格柜。常见的式样是架格在上齐于人肩，便于观赏器物，柜子在下，确保重心平稳。此柜一层亮格，有被板，三面券口装饰变化较多，中间饰有明式家具常见的卷草纹，券口风格统一。围栏采取桥栏式，分三段，有立柱冲出，栏杆下面装饰壸门，中间装有透雕对龙心板。此格围栏富有建筑装饰之美。亮格以下四面平装柜门，平淡简洁。牙板中心浮雕二龙，两龙尾呈卷草状，龙首对峙与亮格纹饰和谐统一。从各个部位都能看出匠师的精心设计，尤其是以中部的平淡来间隔上下的华丽，匠心独运，是"清水山房"的旧藏。

107

简介 黄花梨木带围栏亮格柜

朝　　代：明
尺　　寸：190 × 109.5 × 55 厘米
估　　价：人民币 45 万元－55 万元
成 交 价：人民币 49.5 万元
拍卖公司：中国嘉德
拍卖日期：1995 年 10 月 9 日

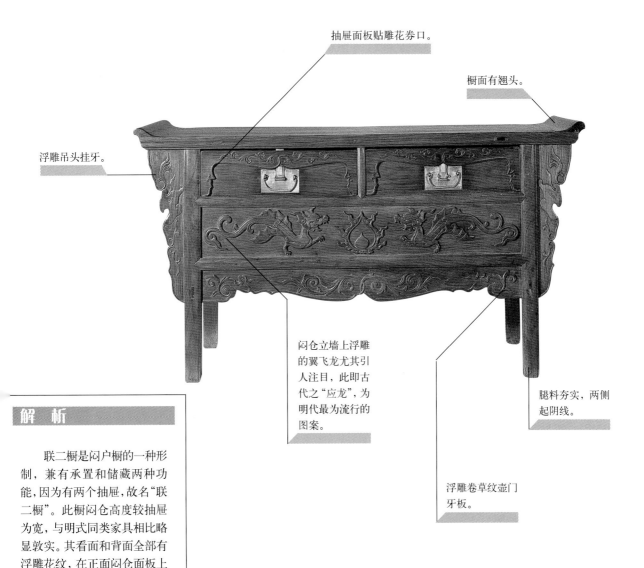

抽屉面板贴雕花券口。

橱面有翘头。

浮雕吊头挂牙。

闷仓立墙上浮雕的翼飞龙尤其引人注目，此即古代之"应龙"，为明代最为流行的图案。

腿料夯实，两侧起阴线。

浮雕卷草纹壶门牙板。

解 析

　　联二橱是闷户橱的一种形制，兼有承置和储藏两种功能，因为有两个抽屉，故名"联二橱"。此橱闷仓高度较抽屉为宽，与明式同类家具相比略显敦实。其看面和背面全部有浮雕花纹，在正面闷仓面板上浮雕二龙抢珠纹，龙纹凶猛灵动，火珠硕大，充满空间。抽屉面板贴有券口，并饰卷草纹。牙板亦饰卷草纹，肥硕委婉。吊头下亦装有满雕纹饰挂牙，构成此橱富丽堂皇的一统风格，无松缓之处。背面亦有雕工，工艺考究。正面龙纹有翼，在明式家具中极为罕见。明式家具大多数以光素简洁为上品，但也有表现华贵热烈的成功者，此为一例，此器曾著录于王世襄《明式家具研究》，是"清水山房"的藏品。

108

简介

黄花梨带翘头草龙纹联二橱

朝　　代：明
尺　　寸：86.5×199.5×52.5厘米
估　　价：人民币35万元－45万元
成 交 价：人民币33万元
拍卖公司：中国嘉德
拍卖日期：1995年10月9日

门与顶面采用平板。

门为硬挤门式样，明镶铜叶。

明榫。

用料硕大是明代家具的特点之一。

腿下装镂花牙板。

解析

这件小柜为桌上陈设，其形制完全与明式方角柜相同，可小中见大，四边起倭角线，门与顶面采用平板式，两侧面板平装凹进，周边亦起倭角线，从而避免了呆板。内设六屉，精巧实用，此件小柜著录于王世襄《明式家具珍赏》，原藏于北京硬木家具厂。曾是"清水山房"的藏品。

简介

黄花梨小柜

朝　　代：	明
尺　　寸：	46×38×27.5厘米
估　　价：	人民币3万元–5万元
成 交 价：	人民币2.28万元
拍卖公司：	中国嘉德
拍卖日期：	1995年10月9日

所有长方形合叶、面叶都是常见的形式，合叶、面叶、钮头及吊牌等金属饰件均为錾花鎏金装饰，图案统一为缠枝莲花、山石纹。

柜门和顶箱柜门板均满雕云龙纹和海水江牙纹，气势宏伟，雕琢流畅。

柜子的正面、侧面和柜顶为平镶装板，故称"四面平"。

上面较矮的一截叫"顶柜"，又叫"顶箱"。

柜门为有闩杆的硬挤门式样。

下面较高的一截叫"立柜"，又叫"竖柜"。

柜膛面板雕两组四只独角兽，间以杂宝纹和海水江牙纹。

正面牙板雕两组狮纹和麒麟纹，间以杂宝纹，两侧牙板雕螭龙、卷草纹。

110

解析

　　四件柜也称"顶箱立柜"，因柜有顶箱，按成对计算乃由四件组成，所以通称"四件柜"。四件柜柜膛宽大，一般多为官宦人家所用，宜于存放朝服且不用折叠，故又名朝服柜。此四件柜形制巨大，通高320厘米，仅次于故宫太和殿所藏紫檀雕龙纹大四件柜（高370厘米），为所知第二大尺寸的四件柜。柜的整体布局合理，柜内中置两抽屉，上部置一隔板。顶箱柜内中置一隔板。平常所见四件柜多是包镶黄花梨，而此柜内外通体全部选用黄花梨料，且用料粗硕，不惜工本，柜体之大、用料之硕、雕工之精，都是非常罕见的，估计应该是亲王府内陈设之物。

简介　黄花梨雕云龙纹大四件柜

朝　　代：清早期
尺　　寸：320 × 190 × 75 厘米
估　　价：人民币 450 万元 − 550 万元
成 交 价：人民币 943.8 万元
拍卖公司：中国嘉德
拍卖日期：2002 年 11 月 3 日

素混面起线攒框柜盖。

方材倒圆，外圆内方。

攒框素板木轴门。

加矮老，卡子花，高罗锅枨。

解 析

"圆角柜"又名面条柜，是相对于"方角柜"的名称，两者的区别在于，圆角柜有柜帽、木轴门，而方角柜则是没有柜帽，合叶装门的柜子。圆角柜以中小型为多，大型少见。圆角柜造型沉稳，具隽永之美，是明式家具中最有代表性的器物。此柜为一般圆角柜典型形制，素板素框，无柜膛，其特别之处在于腿部牙板被换作罗锅枨加矮老卡子花装饰。这样设计，一改通常皆为素牙条式设计，为此件家具增添了几分活泼的情趣，而且增加了离地的间隙，更利于防潮。可谓美观又实用。

111

简 介

榉木圆角柜

朝　　代：清早期
尺　　寸：102 × 50 × 190 厘米
估　　价：人民币0.8万元－2.8万元
成 交 价：
拍卖公司：太平洋
拍卖日期：2004 年 6 月 27 日

素混面起双线攒框柜帽。

未设门闩杆。

木轴门，攒框平镶
门心板，面板为对
剖板。

浮雕卷草纹下牙板。

解析

　　此柜为硬挤门式样，无闩杆。柜帽为素混面起双线攒框，柜腔内分三层，两抽屉。木轴门，攒框平镶门心板，面板为对剖板，这在此类圆角柜中是不多见的形制。腿柱为方材倒圆，外圆内方，下牙板雕卷草纹，四腿八ǀ·。从其长宽比例、装饰手法、制作工艺来看，此柜是极典型的北方制品。

简介

黄花梨小圆角柜

朝　　代: 清早期
尺　　寸: 69 × 34 × 90 厘米
估　　价: 人民币 5.5 万元 – 10 万元
成 交 价:
拍卖公司: 太平洋
拍卖日期: 2004 年 6 月 27 日

一木曲线榫子。

喷口式柜盖。

带闩杆的木轴门。

细门闩杆。

刀头牙，外方内
圆腿。

解析

此柜形制介乎于架格和圆角柜之间，是一件十分特殊的作品，估计是盛放图书的书柜。柜子整体是圆角柜结构，有柜帽、带闩杆的木轴门，背面及侧面素板平镶，高腿带牙条。唯柜盖做喷口式样，柜门板面以攒榫形式做成，门分五段，各用横枨分隔，中间做一木曲线榫子，视觉上动感十足。如果柜内存书，柜门内侧糊以薄纱，卷帙缥缈，隐约可见，亦饶有雅趣。此柜没有明显的外挓，应该是清代作品。

简介

柏木曲线大柜

朝　　代：清早期
尺　　寸：110 × 64 × 200 厘米
估　　价：人民币3.5万元－6.5万元
成 交 价：
拍卖公司：太平洋
拍卖日期：2004 年 6 月 27 日

全仿建筑样式的佛龛，饰有彩绘也是仿自建筑彩绘。

四柱四门，门为推拉式攒框门。

二联闷户橱。

解析

这套佛龛由两部分组成，上部佛龛全仿建筑样式，下部的承座为二联闷户橱。佛龛为梁架建筑结构，起脊，有木雕鸱吻，有斗拱，四柱四门，门为推拉式攒框门，柱下有柱础。总之，仿木建筑极为忠实，正面彩绘保存完好。下部的二联闷户橱，为两屉，暗仓板攒框分做三段，牙板和角牙的尺寸很大，加之浮雕，具有很强的装饰效果，与上部的佛龛风格统一。

简介

核桃木透棂门抱厦顶神龛雕花卉佛柜

朝　　代：清早期
尺　　寸：55 × 107 × 85 厘米
估　　价：人民币 0.88 万元－1.8 万元
成 交 价：
拍卖公司：太平洋
拍卖日期：2003 年 7 月 9 日

柜为棕角榫，
平顶无盖。

门框为劈料攒框，
这种装饰手法不多
见。

柜门为暗镶合叶，
带门闩杆，应该属
于硬挤门样式。

暗仓改制成抽屉，
也是不多见的。

高腿，镶刀头牙板。

解 析

　　此对方角柜通体光素，柜
门用一块板对剖而成，纹理左
右对称，依其纹理的比例和线
条，能产生高雅的格调。柜门
为硬挤式样，中间设闩杆，柜
下的暗仓被改制成抽屉。这种
带有门闩杆和下框膨出的样式
带有圆角柜的造型特点，在方
角柜中比较特别。加之此柜形
体适中，收敛有度，通体工艺
考究，铜饰件完好，是北方乡
村家具中的精品。

简
介

核桃木方角柜

朝　　代：清早期
尺　　寸：87 × 50 × 156 厘米
估　　价：人民币 0.8 万元 －1.2 万元
成 交 价：
拍卖公司：太平洋
拍卖日期：2002 年 4 月 22 日

柜盖做喷口状，边沿较柜
体宽出许多。

门心板减地浮雕
人物图案。

木轴门无闩杆。

柜腿较高，镶极窄的素牙
条，有利于下部通风。

解 析

此柜形制传统，惟有一些
局部处理特殊。柜子上下宽窄
尺寸近同，不同于一般所见上
窄下宽的式样，柜盖做喷口
状，反显得上部宽大。木轴门
无闩杆攒框镶面，门面板特别
之处在于面板方形开光内减地
浮雕巨幅人物，人物着官衣，
带幞头，开脸神态逼真，底子
铲平。柜腿较高，镶极窄的素
牙条。是同类中号圆角柜中较
为难得的精品。

简 介

核桃木雕人物圆角柜

朝　　代：清中期
尺　　寸：80×55×128厘米
估　　价：人民币0.85万元－2.5万元
成 交 价：
拍卖公司：太平洋
拍卖日期：2004年6月27日

粽角榫结构柜体，柜盖
为攒框平镶，估计柜上
为置物之用。

门、屉、暗仓
的布局为对
称布局。

腿足比例较高。

腿较高，足为内翻
回纹马蹄，

牙板巨大，为注堂减地
浮雕花纹图案。

解析

此柜造型极为特殊，四门六屉，类似于多宝格结构。门板、抽屉看脸、暗仓板、牙板雕花鸟葫芦万代纹饰，浮雕精美。通体髹以黑漆，从脱漆处可见此柜使用的是柴木材料。从柜子的整体风格来看，其当属北方富裕人家使用的器物。

简介

黑漆高浮雕花鸟葫芦万代四门六屉炕柜

朝　　代：清中期
尺　　寸：135 × 50 × 65 厘米
估　　价：人民币 0.58 万元－0.78 万元
成 交 价：
拍卖公司：太平洋
拍卖日期：2003 年 7 月 9 日

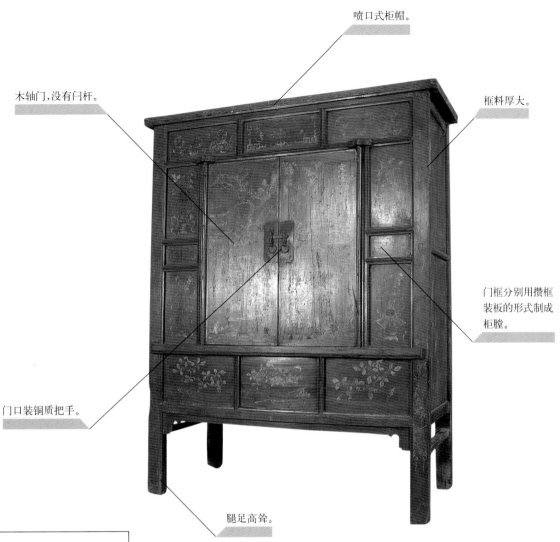

喷口式柜帽。

木轴门，没有闩杆。

框料厚大。

门框分别用攒框
装板的形式制成
柜膛。

门口装铜质把手。

腿足高耸。

解析

这是一件典型的山西晋做朱漆描金大柜，此柜造型阔大，框料粗硕，描绘精致。柜子有喷口式柜帽，柜膛宽大，上下左右分别用攒框装板的形式制成柜膛，柜子看面正中装两扇对开木轴门，没有闩杆。柜子高直腿，下设刀头牙板，前后两腿间有横枨相连，以增添柜子整体的稳定性。柜子的两山和后背镶板，内平衡穿带放在柜外，这是一种比较特殊的制作方法。通体髹朱漆，装饰风格大气，实属同类家具中的精品。

简介 红漆双门描金大赕柜

朝　　代：清中期
尺　　寸：160 × 60 × 199 厘米
估　　价：人民币 30 万元 –45 万元
成 交 价：
拍卖公司：太平洋
拍卖日期：2003 年 11 月 25 日

平顶无柜帽。

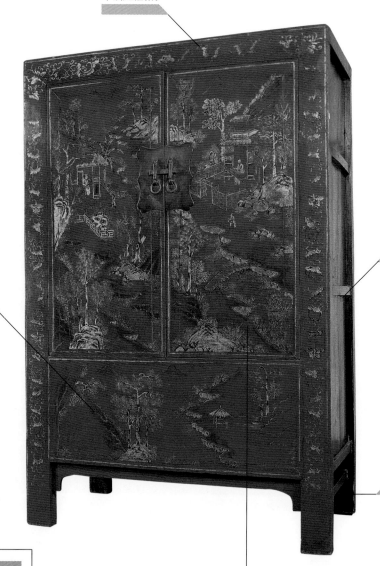

山板平面向里，横带在外。

柜子暗膛宽大。

直腿落地加横枨以固定。

解 析

　　这是一件典型的山西做朱漆描金大柜，此柜造型雄壮，框料厚大，形制简洁，描绘精细。柜子为平顶式样，柜膛宽大，两扇对开门。柜下设刀头牙板，前后两腿间有横枨相连，以增强柜子整体的稳定性。柜子的两山和后背均为镶板，将横穿带放在柜外，与前图一样，是一种比较特殊的制作手法。此柜通体髹朱漆，在柜的看面两门和柜膛板绘有描金人物山水画面，在柜子门框和上梁则绘有描金图案，装饰风格富丽堂皇，为同类家具中的精品。

柜体通体朱漆看面描金画山水人物。

简介 朱红漆描金人物山水大柜

朝　代：清中期
尺　寸：130×64×192 厘米
估　价：人民币 3.5 万元 - 5 万元
成交价：
拍卖公司：太平洋
拍卖日期：2003 年 11 月 25 日

落腔镶面板。

素铜活明上。

浮雕满工不露地，是清代富丽堂皇的特征。

柜膛。

带门闩杆硬挤式门。

浮雕壶门牙板。

解 析

　　这对顶箱柜形体巨大，正面满雕凤纹。这种家具在明式家具中出现较晚，入清以后才迅速发展起来。四件柜方正端庄，可装饰一面墙。此柜浮雕高起，以对凤形式装饰每块心板，共计凤二十只。此类纹饰在清初家具上极为少见，雕工纯熟，底子极平，花卉及凤表现生动。图案对称，为清早期典型纹饰。此柜施工量极大，不惜工本。因柜形巨大，搬动费力，故柜内隔板、柜门以及后背板均采用活插形式，非常便于拆卸。大柜两侧采用落腔踩鼓做法，与正面呼应。难能可贵的是此柜用料全部采用黄花梨，选材讲究，为宫廷所用之物，少有存世，为"清水山房"旧藏器物。

120

简介 黄花梨木雕凤纹顶箱大柜

朝　　代：清
尺　　寸：314 × 157 × 77.5厘米
估　　价：人民币150万元－200万元
成 交 价：
拍卖公司：中国嘉德
拍卖日期：1995年10月9日

四面平攒框案板。

四面平橱柜。

镶有拐子纹的牙条。

解 析

　　炕橱（又称作炕几）是清代北方民间火炕上的陈设，兼有储物的功能。此器系红木材质，为架几案式样，两边为搭抽屉的小柜，中间为三门橱柜，均是四面平形制，上部以攒框案板做面。门板和抽屉面装阳线框饰，镶蝴蝶形铜质面叶，腿足间有镶有拐子纹的牙条。整体风格朴素大方。

简 介

红木炕橱

朝　　代: 清
尺　　寸: 150×42×43厘米
估　　价: 人民币1万元－2万元
成 交 价: 人民币0.66万元
拍卖公司: 天津国拍
拍卖日期: 2001年11月3日

粽角榫外框。

明镶铜饰件。

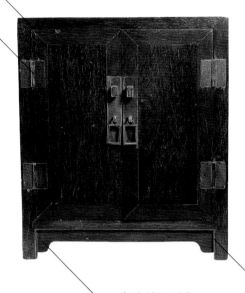

直腿，腿足及下框起阳线。

素面牙板、牙头。

解 析

这是一件摆在桌上的小橱柜，为四面平方角柜形制，正面两门对开，硬挤门式样，攒框装板，板心与边框一样平。小柜柜身、金属配件光素无纹，整体效果端庄素雅。加之包浆温润，应是清代中期的作品。

简介

紫檀方角小柜

朝　　代：清
尺　　寸：高27.7厘米
估　　价：人民币2.8万元－3万元
成 交 价：人民币2.86万元
拍卖公司：上海敬华
拍卖日期：2003年08月24日

剔红菱格纹底
人物山水图。

铜活錾凿荷花纹饰。

四周有剔红回纹饰
框，与柜面相配，繁
简适当。

三弯腿外翻足。

壶门牙子。

解 析

　　小柜为立式方角柜，柜门上剔红山水人物图，以竹节纹、水波纹和菱格万字纹分别表示天空、水波和坡岸。画面上远山、亭台、树木、人物等布局合理，层次分明。柜内分两层三屉，屉面也为剔红菱格纹。柜子外部除背面和箱底外，其余几面均剔红菱格万字纹和菱格花瓣纹。小柜边框则装饰连续回纹，铜饰件均錾刻荷花纹饰，一丝不苟，器物虽小而没有忽视细节。柜足外撇，有壶门，保存了较多早期席地而坐时代的家具之风格特色，样式古老，做工极佳。

　　剔红工艺即雕红漆，是雕漆最主要的品种，故又可称作雕漆。其制法是先在器胎上髹红色漆，当漆层达到理想的厚度时，再在漆面上雕刻设计的图案。清乾隆时期的雕漆工艺融合了明代各期的不同特点，形成了兼具明早期浑朴圆润与明晚期纤巧细腻的特点。嘉庆以后，雕漆工艺日趋衰落。

简介

剔红山水人物小柜

朝　　代：清
尺　　寸：41 × 23 × 29.3厘米
估　　价：人民币3.6万元－5万元
成 交 价：
拍卖公司：上海崇源
拍卖日期：2003年4月20日

攒框镶透雕云龙板柜门，中间两门为明装合叶，硬挤式装门，两边门为固定门，柜膛形成暗仓。

高翘头，边缘外卷。

透雕大牙板和挂角牙，尺寸之大十分罕见。

解 析

　　此橱形体巨大，柜门、挂角牙、牙板、左右两侧板均是通体透雕云龙纹。翘头高耸、四腿八挓，气度雍容华贵，加之刻工精巧，做工一流，更加显示出王者风范。此橱与传统样式不同之处在于，它将闷户橱的暗仓和抽屉整合成四扇柜门，左右对称，这样迎面看起来线条就更简洁，也更流畅，配以透雕的门板和侧板，繁复与简洁、虚与实的关系得到了很好的统一。因此这种特殊设计的闷户橱是很罕见的。

　　花梨木属豆科红豆属乔木树种，产于我国福建、广东、云南等地，南亚缅甸、泰国等地也有出产。木色黄赤，质地较粗，纹理呆滞而无变化，是清代家具中普遍使用的硬木材料。

124

简介　花梨木透雕龙纹三联橱

朝　　代：清
尺　　寸：50 × 260 × 101 厘米
估　　价：人民币 4.5 万元－6.5 万元
成 交 价：
拍卖公司：太平洋
拍卖日期：2003 年 7 月 9 日

四面平结构柜体。

抽屉脸和柜膛板浮
雕海水龙纹图案。

柜门板心浮雕拐子纹。

足部浮雕海水纹。

垂肚牙板。

解 析

　　这件炕柜为四面平样式，柜子上方为三屉，屉子下面是柜膛，装有小门一对，有门臼杆。抽屉脸和柜膛板浮雕海水龙纹图案，而柜门板心为浮雕拐子纹。柜子下装垂肚牙板，整件器物看面装饰华丽，其它各面则光素无纹饰，形成鲜明对比。

简 介

红木雕海水龙纹炕柜

朝　　代：清
尺　　寸：72.4 × 46.2 × 46 厘米
估　　价：人民币 3 万元 –5 万元
成 交 价：人民币 3.52 万元
拍卖公司：北京翰海
拍卖日期：1998 年 8 月 2 日

四面平柜体结构。

对开硬挤式门，用木轴门方式安装。

下部柜膛装透雕绦环板。

镂云头角牙。

解 析

这对书柜的形制基本上来自于传统的方角柜，柜门为硬挤式样，对开，值得注意的是柜门的安装方式，不是使用合叶，而是采用了木轴门的装门方式。门为攒框，装饰着卡子花承托的圆角木框，镶以玻璃，使门内的架格上的书籍一览无余。柜下设两只抽屉，其下装透雕绦环板，使柜膛抬高，空气流通加强，有利于防潮，由此可见这对书柜当出自于近代南方匠人之手。

简介 红木镶玻璃书柜

朝　　代：近代
尺　　寸：43 × 189 × 99.5厘米
估　　价：
成 交 价：人民币0.88万元
拍卖公司：天津文物
拍卖日期：2004年6月24日

素混面柜帽,攒框装素板
门扇,门闩杆。

素板侧山,素面
装膛板。

柜膛。

素面牙条、牙头,圆裹方
柜腿,外挓。

腿料夯实,两侧
起阴线。

挂牙榫卯结构

解 析

　　面条柜又名"圆角柜",是相对于"方角柜"而言的,两者的主要区别在于,圆角柜的柜帽,木轴门,方角柜没有,是以合叶装门的。圆角柜大型少见,以中、小型为多,是明式家具中最有代表性的器物。明韵系列的这对圆角柜尺寸虽小,却采用了圆角柜中最复杂的形制和最考究的制作工艺,有闩杆、柜膛暗仓,柜内设抽屉,后山为两扇活插。柜门、侧山、后山的板材对称且纹理优美。

127

简 介　　紫檀小圆角柜

朝　　代: 当代
尺　　寸: 高57厘米
估　　价: 人民币4万元-6万元
成 交 价: 人民币4.4万元
拍卖公司: 中国嘉德
拍卖日期: 2000年11月6日

框边宽厚，比例不同于一般常见者。

镶减地花纹绦环板。

桥形墩子。

解 析

　　座屏又称台屏，是陈设在案桌上的一种小型屏风。这是一件造型简约的小座屏，底座由两块桥形墩子和屏心直接构成，取消了屏风上所常见的两块披水牙板。站牙极薄，颇具装饰意义。屏心上下攒框分作两格，框边宽厚，比例不同于一般常见者。上格镶嵌大理石屏心，正反面均为自然形成的纹理，似峰峦叠嶂，如同一幅云雾缭绕的天然山水画。下格镶减地花纹绦环板。墩子和框板间镶有一块起阳线牙板。总之，这件座屏在同类器物中是极简单的，具明式家具的风格。

简介

紫檀嵌云石小座屏

朝　　代：清中期
尺　　寸：高41.2厘米
估　　价：人民币3.5万元－4.5万元
成 交 价：人民币3.85万元
拍卖公司：中国嘉德
拍卖日期：2002年11月3日

阮元题辞款识："半潭秋水一房山。忠毅公旧藏，小幅失，留姓氏，维一小印，一生二字。笔法似吴仲圭，今见此石仿佛若是。""萃"、"伯元"。

攒框屏心与座可分离。

缠绳纹座牙。

扭绳状座足。

解 析

这是一件装饰用的小插屏，是案头陈设之物。整座屏风除屏心攒框装云石板，屏座以透雕缠绳纹作装饰和结构，体态轻灵秀奇。值得关注的是云石上的题词出自阮元，应该是清代中期的作品。

阮元（1764-1849），字伯元，号芸台，仪征人。历任少詹事，南书房行走，詹事，行政，侍郎，经筵讲官，浙江、河南、江西巡抚，国史馆总纂。嘉庆十一年（1806）任漕总督，二十一年（1816）任湖广总督，次年改任两广总督，后任云贵总督，晚年任体阁大学士。阮元为官清廉，善察民情，尽力为民解忧。湖广总督任上造闸筑堤，兴办水利。阮元知识广博，在经史、小学、天算、舆地、金石、校勘等方面均有极高造诣。任浙江学政时，修编《经籍纂诂》。阮元积极发展教育事业，在浙江创办诂经精舍，在广东创办学海堂，培养了许多人才。前人赞阮元"身经干嘉文物鼎盛之时，主持风会数十年，海内学者奉为山斗焉"。

云石又称大理石、立石。产自云南大理点苍山，由石灰岩重结晶变质而成。其色主要白、灰、杂色三种颜色，色白呈玉质者最为珍贵。云石佳者呈自然纹层，或晕带、或团状，有如烟云山峦，林泉丘壑。早在唐代云石就有被用于家具装饰面料的。明、清以后更是大量被运作于居室装饰。如今随着大众居住条件的进一步改善，这样的插屏也越来越受人们的青睐。

129

简介 红木云石插屏

朝　　代：清
尺　　寸：高 94 厘米
估　　价：人民币 5 万元－6 万元
成 交 价：人民币 5.28 万元
拍卖公司：上海信仁
拍卖日期：2003 年 11 月 19 日

大框洼堂减地平
雕螭龙纹。

屏心为百宝嵌"六合同
春"图案。

立柱设拐子纹龙头图案。

座与屏心为分体
式。

余塞板和披水牙
均为减地平雕拐
子纹图案。

抱鼓墩屏座腿。

解 析

　　此插屏红木材质，造型端庄，装饰华丽，是典型的清代宫廷制作样式，经北京故宫博物院古家具专家胡德生先生鉴定为清宫旧物，屏上所题御制诗估计应该是乾隆皇帝所作。此屏制作最精良的部分当属屏心，虽然漆地有损伤，但并未伤及画面，百宝嵌制作工艺也属一流。百宝嵌是明末开始应用于漆器上的一种工艺技法，明代最有名的工匠是周翥，又写作"周柱"，其所做器物名"周制"，是采用金、银、玉、珍珠、砗磲、绿松石、琥珀、宝石、象牙等各种珍贵材料镶嵌于漆器上，后来这种工艺也应用于玉器、木器等其它器类上，是一种极尽奢华的装饰工艺。传世品中以小件居多，大件家具则很少见。由此可见此屏的使用者的地位非同一般，按理此屏是一对，屏心图画内容应该是对应的，遗憾的是这里仅存一件。

简 介

红木百宝嵌六合同春纹御制诗插屏

朝　　代：清
尺　　寸：高 193 厘米
估　　价：人民币 5 万元
成 交 价：人民币 23.65 万元
拍卖公司：天津文物
拍卖日期：2004 年 1 月 8 日

洼堂起阳线红木
攒框。

瘿木框心。

黄杨木屏心。

座与屏心为
分体式。

"布币"样
式的座足,
样式新颖,
寓意吉祥。

"布币"样式的座足,
样式新颖,寓意吉祥。

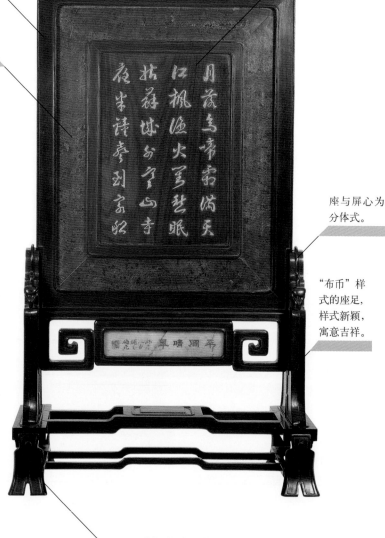

解 析

此插屏做工精良,用多种
材料套制,屏心外框为红木,
内心周边为瘿木,再以红木镶
黄杨木《枫桥夜泊》诗文为屏
心。该插屏将"木器作"的各
种工艺和不同材料集中表现,
是木制插屏中上佳之作。插屏
有座有架,博古风格浓厚,四
足与二侧分别为六枚"布币"
样式,作风之别致非常罕见。
屏心所刻书法款识:"平岗晴
翠,师唐人句补之。伯元",据
推测,此书法可能出自阮元的
手笔。

黄杨木产于中国中部地
区,不属于硬性木材,材质为
淡黄色,极为致密,时间久远,
木质颜色会氧化变深,由于其
生长缓慢,没有大材。明清家
具的使用基本是作为辅助装饰
的配材,做帐子、牙子、卡子
花等构件,或者用来制作镶嵌
用的花纹。

131

简 介   红木镶瘿木黄杨唐诗插屏

朝　　代:清
尺　　寸:高72厘米
估　　价:人民币1.5万元-2万元
成 交 价:人民币2.42万元
拍卖公司:上海信仁
拍卖日期:2003年11月19日

注膛平雕花纹框边。

攒框镶镂雕云头卡子花绦环板，是清代中期插屏的特点。

落膛几面。

镂雕云头纹牙头曲枨，可见清代工艺特色。

拐子几何形腿。

解析

这是一件典型的清代中后期苏式家具，分上下两个部分。上部为一座小型座屏，屏座由两个雕拐子龙纹形的墩子和两块镂云纹的披水牙板构成，立柱由透雕的站牙抵夹，站牙和墩子连接着木球，雕琢粗犷有力。屏心为可移动式，攒框装屏心，注膛平雕花纹框边，细巧精致，与底座风格形成鲜明的对比。绦环板为攒框镶镂雕云头卡子花制成。值得注意的是，插屏下面配一长方形几座，这在同类器物中是不多见的。几子为落膛几面，拐子几何形腿，足部外翻，四腿间上部镶带镂雕云头纹牙头的曲枨，下部镶罗锅枨。

简介

红木插屏

朝　　代：清
尺　　寸：高 190 厘米
估　　价：人民币 3 万元－5 万元
成 交 价：人民币 3.52 万元
拍卖公司：中国嘉德
拍卖日期：1998 年 10 月 28 日

素混面攒框，圆角。

心板以青铜器回纹为边饰。简单明快中带有古朴之意，是清代仿古的特点之一。

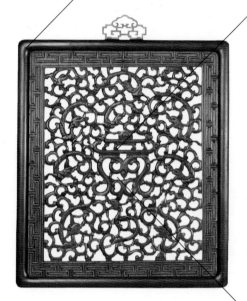

中间镂雕"寿"字纹和夔龙纹,纹路盘曲不如清代繁复，但亦具华丽的精神。

13

解 析

此挂屏为黄花梨材质，可能是隔扇屏的雕花心板改制而成，温润细腻。心板以青铜器回纹为边饰，中间镂雕寿字纹和夔龙纹。花纹构图繁密，雕琢工艺流畅。整体风格富丽高雅，是难得的精品。

简介

黄花梨双面透雕花板

朝　　代：	明
尺　　寸：	56×62厘米
估　　价：	人民币2.6万元－3.5万元
成 交 价：	人民币8.25万元
拍卖公司：	中国嘉德
拍卖日期：	2002年11月3日

透雕云龙纹屏帽。

屏心攒框成多宝格式样，嵌以玉石雕刻。

三联"八"字形须弥座。

解 析

　　此屏风为清代宫廷宝座屏风形制，红木制成，五扇，屏架上方装透雕云龙纹屏帽，两侧站牙也是。下承三联"八"字形须弥座，雕有花卉、如意、云纹等装饰图案。屏心攒框成多宝格式样，嵌以玉石雕刻的各种文玩器物，屏心最下层则嵌以红木和玉石雕件组成的人物故事画面。屏上有御制诗文，器物整体造型大方，豪华端庄，工艺精细，玉做和木做均是清内府的工艺。

简 介　红木嵌玉五扇屏风

朝　　代：清中期
尺　　寸：250×300厘米
估　　价：人民币70万元－90万元
成 交 价：人民币209万元
拍卖公司：中国嘉德
拍卖日期：2004年11月6日

铲地平雕双螭纹上部绦环板。

铲地平雕双螭纹下部绦环板。

楷书屏心。

铲地平雕双螭纹侧面绦环板。

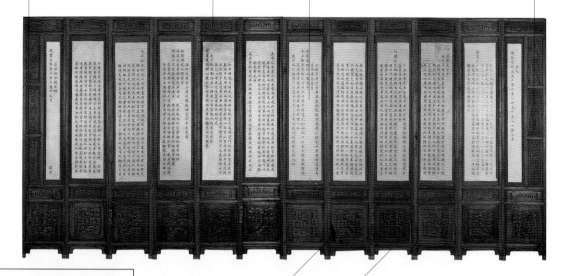

铲地平雕双螭纹裙板。

刀头牙。

解 析

这是一套典型的清式围屏，体量庞大，用于大房间分隔空间之用。其由十二扇屏组成，每扇单屏之间由挂钩连接，可开合。单屏为攒框分隔形制，由上至下分别是：上部绦环板、屏心、下部绦环板、裙板。下部边框镶有牙条，左右两扇边屏的屏心旁设有侧面绦环板。上下绦环板及裙板铲地平雕双螭纹图案，雕工规整，为清晚期家具的标准工艺。屏心为楷书祝寿词。

楠木不是硬性木材，但是软性木材中最好的一种。楠木分作雅楠和紫楠两种，雅楠为大乔木，产于四川雅安、灌县和云南一带。紫楠为小乔木，又叫金丝楠木，产于浙江、安徽、江西以及浙江南部地区。楠木色泽淡雅匀整，伸缩性小，耐久稳定，容易加工。明代和清前期家具中除了全部使用楠木外，还常将楠木与硬性材料搭配使用。

135

简介 楠木雕螭纹围屏

朝　　代：清
尺　　寸：高 280 厘米
估　　价：人民币 8 万元－10 万元
成 交 价：
拍卖公司：中国嘉德
拍卖日期：2000 年 11 月 6 日

攒框五扇屏心，屏
心分作三层。

透雕云龙纹戏
珠屏帽、站牙。

三联八字形须
弥座。

透雕云龙纹戏珠屏
帽、站牙。

解 析

　　此屏风仿制清代宫廷宝座
屏风形制，红木制成，五扇，屏
心分作三层，隔成十五个格
子，上部和中部镶高浮雕云龙
出水图案，下格为海水江牙图
案。屏架上方装透雕云龙纹屏
帽，两侧站牙也是。下承三联
"八"字形须弥座。整件器物豪
华端庄。

简 介

红木雕云龙纹大屏风

朝　　代：清
尺　　寸：172 × 242 厘米
估　　价：
成 交 价：人民币 2.42 万元
拍卖公司：天津文物
拍卖日期：2004 年 6 月 24 日

方台，台面光素，束腰四壁凹入。

牙肚垂挂。牙板雕垂云。

中部似一鼓腿膨牙矮方几。

腿上部停留处与装饰牙板在同一位置线凹进，看似两截，实为一木连做。

台腿做三弯式，内弯曲度大，至足甩出，蹬踏有力。

托泥壮厚，四角装足。

解 析

这是一件非常罕见的明式家具，仅此一例。此台应为定制，有极特殊的功能。整体看上去可分作上、中、下三个部分。上部近于方台，台面光素，束腰四壁凹入，四面均浮雕双螭龙纹。中部似一鼓腿膨牙矮方几，几面比台面略大，牙板下挂垂云，与上部可分开。下部台腿做三弯式，腿上部停留处与装饰牙板在同一位置线凹进，看似两截，实为一木连做。腿部向内弯曲度大，至足甩出，蹬踏有力。托泥壮厚，四角装足。平板上部做出如意垂肩，内衬牙板之大从未见过。牙板雕有海棠形开光双螭纹，很巧妙地遮住内空。雕工圆润纯熟，底子极平，刀法严谨，一丝不苟。尤其处于视觉中间的三组对称螭龙纹，富于变化，完美无缺。此台座仿石雕效果，用料壮硕，装饰华美。曾是"清水山房"经典藏品。

137

简介 黄花梨木带托泥螭龙方台座

朝　代：明
尺　寸：140 × 48.5 × 48.5厘米
估　价：人民币 80 万元－100 万元
成交价：人民币 88 万元
拍卖公司：中国嘉德
拍卖日期：1995 年 10 月 9 日

帽沿高耸做佛冠壮。

镶透雕描金龙纹绦环板。

垂花门样式。

四扇推拉门。

解 析

　　此件佛龛全仿建筑结构，是用于装饰居家室内佛堂的器物。上部的帽沿高耸做佛冠状，垂花柱如同四合院的二道门——垂花门的设计样式。垂花柱内镶透雕描金雕荷花纹样绦环板，垂头处加装透雕牙板。四柱，柱脚修饰描金柱础，柱子上部分格镶透雕描金龙纹绦环板，柱间看面镶透雕龙凤纹大牙板。内膛配四扇推拉门。门上做隔扇式，上部做攒棂，下部裙板和门上的三块绦环板做描金雕博古。佛龛整体金碧辉煌，气势宏大。

138

简 介

描金龙凤佛龛

朝　　代：清中期
尺　　寸：94 × 88 × 152 厘米
估　　价：人民币2.5万元－5万元
成 交 价：
拍卖公司：太平洋
拍卖日期：2004 年 6 月 27 日

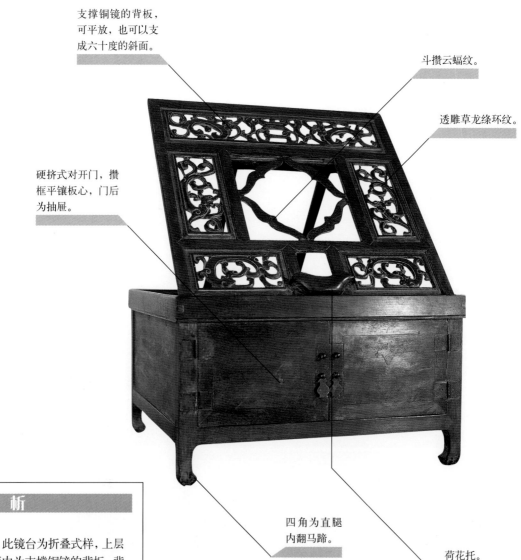

支撑铜镜的背板，可平放，也可以支成六十度的斜面。

斗攒云蝠纹。

透雕草龙绦环纹。

硬挤式对开门，攒框平镶板心，门后为抽屉。

四角为直腿内翻马蹄。

荷花托。

解 析

　　此镜台为折叠式样，上层边框内为支撑铜镜的背板，背板为攒框镶透雕螭龙纹花板制成，分成三层八格。下层正中一格安装荷叶式托，可以上下移动，以备支撑大小不同的铜镜。中层中间方格安装角牙，斗攒成云蝠纹。中间空透可以系装镜钮，其余各格装透雕螭龙纹花板。装板有相当的厚度，且为"外刷槽"，使图案显得分外饱满。台座箱体镶硬挤式对开门，门板平镶，门后为抽屉，四角为直腿内翻马蹄，造型低扁，劲峭有力。整件器物设计严谨，雕刻精到，保留了明式家具的工艺特点。

简 介

紫檀折叠镜台

朝　　代：清早期
尺　　寸：42 × 42 × 24 厘米
估　　价：人民币 2 万元 —3 万元
成 交 价：
拍卖公司：太平洋
拍卖日期：2003 年 11 月 25 日

圆雕灵芝纹。

"一品清廉纹"背板。

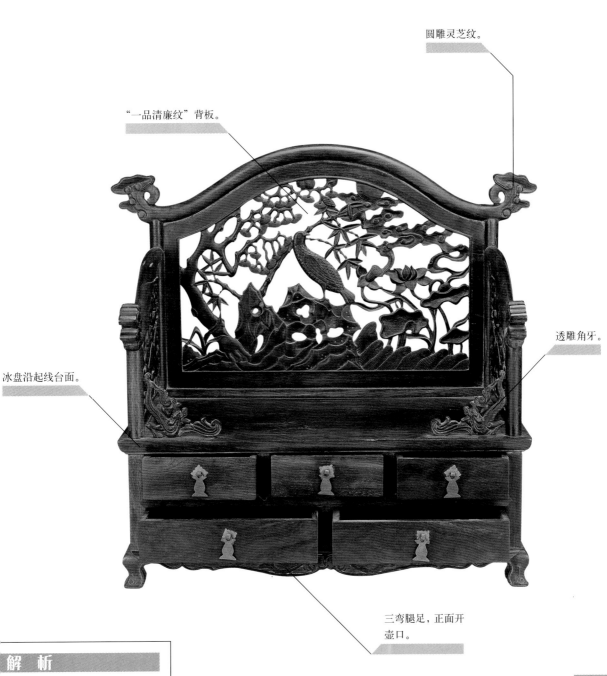

透雕角牙。

冰盘沿起线台面。

三弯腿足，正面开
壶口。

解 析

　　此镜台为宝座式样，较多
地保留了明式家具的痕迹。分
两层设抽屉五具，台座上的后
背和扶手，均装板透雕花鸟纹
饰，俗称"一品清廉纹"，画面
齐整生动。搭脑中间拱起，两
端下垂，至端头又返翘，圆雕
灵芝形状，扶手出头也是同样
的形状。台面正中应该有支撑
铜镜而设的支架，已经失落。

简 介

紫檀镂雕一品清廉纹镜台

朝　　代：清
尺　　寸：58 厘米
估　　价：人民币 4.5 万元
成 交 价：人民币 4.95 万元
拍卖公司：天津文物
拍卖日期：2004 年 1 月 8 日

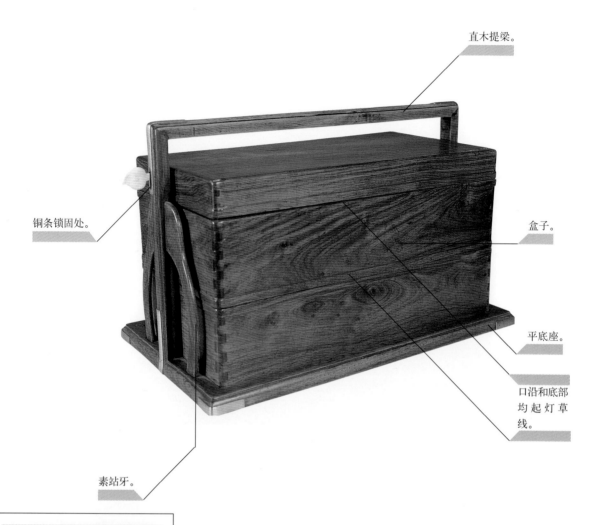

直木提梁。

铜条锁固处。

盒子。

平底座。

口沿和底部
均起灯草
线。

素站牙。

解析

提盒是自宋代就开始流行的器物样式，此盒用长方形攒框造成底座，两侧竖立柱，有站牙抵夹，上装横梁提手。构建相交处均嵌装铜叶加固，盒子两层，连同盒盖共三层，下层盒底落在底座槽内。每层沿口均起灯草线，意在加厚子口。盒盖两侧立墙正中打眼，用铜条贯穿，以便把盒盖固定在两根立柱之间。铜条一端有孔，还可以上锁。由于盒子各层有子口相扣，上锁后绝无错脱开启之虞。

简介

黄花梨三层提盒

朝　代：明
尺　寸：35 × 20 × 22 厘米
估　价：人民币 0.8 万元 −1.2 万元
成 交 价：
拍卖公司：太平洋
拍卖日期：2001 年 4 月 23 日

平顶箱盖。

对开门，上缘留有子口。

平板底座。

解析

　　据学者研究，官皮箱是由镜箱发展而来的，应是居家妆奁之用。此官箱箱盖内为一方形浅屉，门内分三层设抽屉，通体髹黑漆，嵌七彩螺钿，工艺精湛。盖及双开门饰庭院仕女嬉戏图，两侧背面及内里饰折枝花卉图案。惜年代久远，所嵌彩色螺钿多有剥落。箱上安装铜质饰件，箱体两侧装铜把手，底座为整板，按此器形体简洁，装饰华丽，时代较早，可能是当年宫廷御用之物。

简介

黑漆嵌螺钿官皮箱

朝　　代：明
尺　　寸：31×35×25厘米
估　　价：人民币1.2万元-2万元
成 交 价：人民币1.32万元
拍卖公司：中国嘉德
拍卖日期：2001年11月04日

平顶箱盖。

对开门，上缘留有子口。

下部底座看面镂空壶门。

解 析

　　官皮箱置于案头，意趣古拙。此官皮箱平顶式，内设五屉。下部底座看面镂空壶门，曲线优美。此品曾著录于王世襄《明式家具研究》、《明式家具珍赏》，原藏于北京硬木家具厂和"清水山房"。

简 介

黄花梨木官皮箱

朝　　代：明
尺　　寸：37×35×23.5厘米
估　　价：人民币3万元—5万元
成 交 价：人民币4.18万元
拍卖公司：中国嘉德
拍卖日期：1995年10月9日

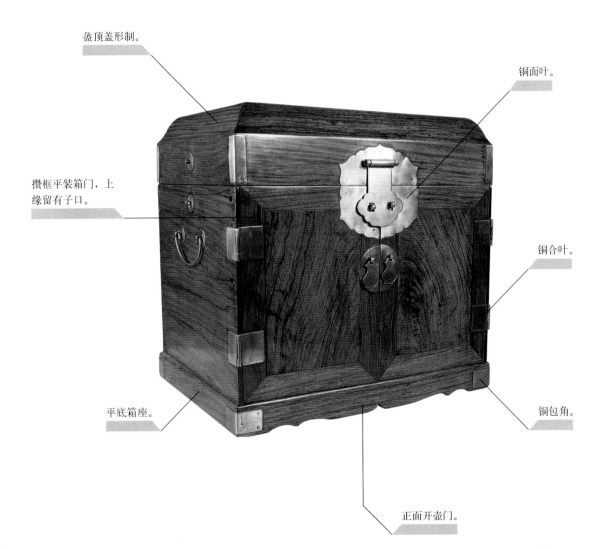

盝顶盖形制。

铜面叶。

攒框平装箱门，上
缘留有子口。

铜合叶。

平底箱座。

铜包角。

正面开壶门。

解析

此官皮箱为盝顶盖形制，通体光素，顶盖上掀开起，盖下设平屉。两扇对开门上缘留有子口与上盖吻合。上盖盖上，门就不能打开。门后设小屉。箱为平底座，看面挖成壶门式样。箱角加镶铜质包角，箱体两侧有铜质提梁把手。此箱为黄花梨材质，素雅文静，花纹美丽。

简介

黄花梨官皮箱

朝　　代：明
尺　　寸：31 × 23 × 31 厘米
估　　价：人民币 1.2 万元－1.5 万元
成 交 价：
拍卖公司：太平洋
拍卖日期：2001 年 4 月 23 日

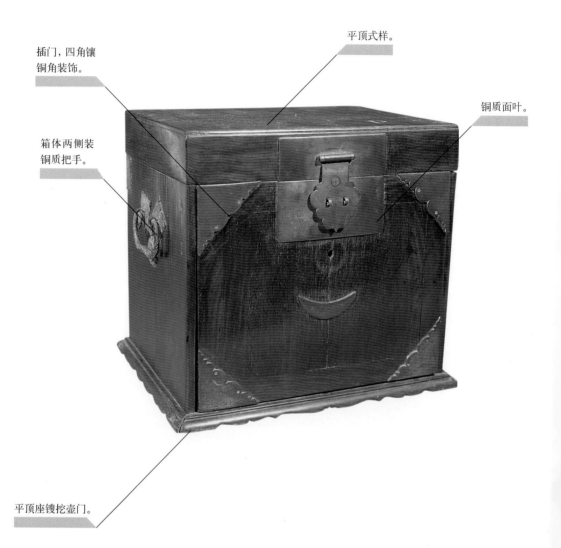

平顶式样。

插门，四角镶
铜角装饰。

铜质面叶。

箱体两侧装
铜质把手。

平顶座镂挖壶门。

解 析

此官箱为平顶样式，顶下
为平屉。插门下缘入槽，上缘
扣入盖口，门内设抽屉。插门
式官箱比较罕见，可能是比较
早的制作方法，后来才被对开
门所代替。

简
介

黄花梨平顶官皮箱

朝　代：明
尺　寸：25×32×30厘米
估　价：人民币1.6万元－2.2万元
成 交 价：
拍卖公司：太平洋
拍卖日期：2003年7月9日

盖、面均光素无装饰，但
包浆自然。

灯草线。

两侧带铜把手。

云头状铜石叶。

解　析

　　小箱一般为长方形，多为黄花梨、紫檀所制，其它硬木材料则很少见，其主要用来存放文件簿册和珍贵细软物品，北方民间，尤其是回族家庭，常用它存放女性的绒绢花，故又有"花匣"之称。此箱箱体比例协调，代表了明制的基本形式，全身光素，只在盖口和箱口处起两道灯草线，因为盖口要踩出子口，外皮如不起线加厚，便欠坚实，故此线不仅起到装饰作用，更有加固的意义。正面铜饰圆面叶，拍子云头形，两侧安装提环。整个器物质地精雅、完美，为明清之际的典型器物。

简介

紫檀瘦小箱

朝　　代：清初
尺　　寸：11 × 38 × 19 厘米
估　　价：人民币 1.5 万元－2.5 万元
成 交 价：人民币 1.65 万元
拍卖公司：中国嘉德
拍卖日期：2001 年 11 月 4 日

二扇移门。

箱体为攒框镶板，有箱盖板，通体髹漆。

抽屉面镶嵌螺钿图复杂精美，工艺极为复杂，是清代中期的特点。

二扇移门。

解 析

　　此箱有八屉，加之二扇移门，下有壶门、小足，箱顶四边斜边，明显带有官皮箱的遗风，是一种与官皮箱有类似作用的小型庋具类家具。只是改进了上开盖的做法，方便开启，更适合于日常生活。箱体布五彩螺钿，八屉面连移门共有九幅色彩灿烂若云霞的螺钿"山水图"，周边架档上则是细巧排列的菱花、卷草纹饰，纹饰多样，五彩缤纷，是同类器物中的精品。

14

简介

墨漆嵌螺钿屉箱

朝　　代：清
尺　　寸：32 × 32 × 20厘米
估　　价：人民币3.5万元—4万元
成 交 价：人民币3.85万元
拍卖公司：上海崇源
拍卖日期：2004年7月3日

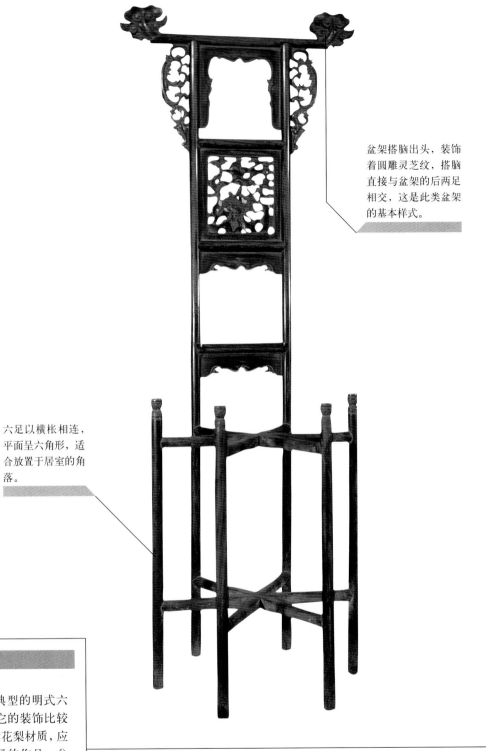

盆架搭脑出头，装饰着圆雕灵芝纹，搭脑直接与盆架的后两足相交，这是此类盆架的基本样式。

六足以横枨相连，平面呈六角形，适合放置于居室的角落。

解 析

这是一件典型的明式六足高面盆架，它的装饰比较繁复，加之为黄花梨材质，应该不是一件普通的作品。盆架搭脑出头，装饰着圆雕龙头，搭脑直接与盆架的后两足相交。吊牙镂雕成草龙图案，搭脑以下空间安装壶门券口，中间牌子镶嵌透雕花纹板。就整体而言，这是一件比较华丽的器物。

简介

黄花梨面盆架

朝　　代：清早期
尺　　寸：51×42×165 厘米
估　　价：人民币 6 万元 - 8 万元
成 交 价：
拍卖公司：太平洋
拍卖日期：2003 年 11 月 25 日

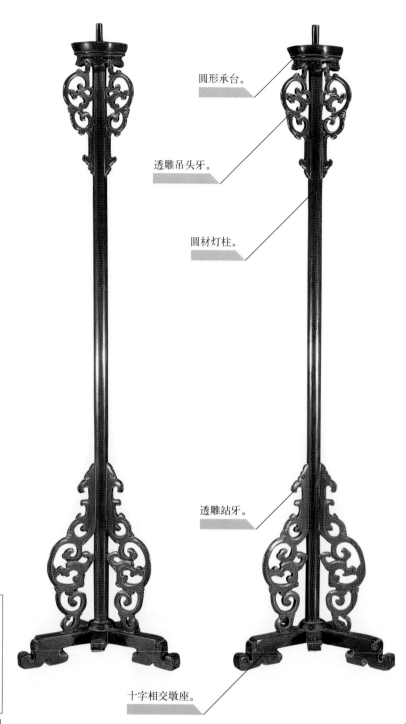

圆形承台。

透雕吊头牙。

圆材灯柱。

透雕站牙。

十字相交墩座。

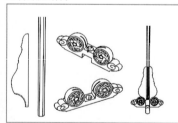

灯台底座结构

解 析

这是一对固定式灯台，两个墩子十字相交作为墩座，正中树立圆材灯杆，四块透雕站牙从四面抵夹，使灯杆稳定直立，灯杆上方设圆形承台，并加挂四块透雕吊头牙与下边的站牙相对应，设计简洁，而又结构合理。

简介

红木灯台

朝　　代：清中期
尺　　寸：高152厘米
估　　价：人民币0.5万元－0.8万元
成 交 价：人民币1.738万元
拍卖公司：天津国拍
拍卖日期：2000年11月7日

木框横梁上的圆孔穿出，孔旁设有木楔，用以固定灯杆。

灯杆下端有横木，两端出榫，纳入立框内侧的长槽中，横木可以上下移动。

座屏风样式底座。

解析

　　这对灯台的底座采用座屏风样式，通体用红木制成。从披水牙到站牙、吊角牙，乃至架子中间镶的绦环板，一律为透雕。灯杆下端有横木，构成丁字形，横木两端出榫，纳入底座立框内侧的长槽中，横木可以上下移动，不至于滑出槽口。灯杆从木框横梁上的圆孔穿出，孔旁设有木楔，用以固定灯杆，这种式样来自于古代兵器架，美观实用。

简介

红木升降式灯台

朝　　代：清
尺　　寸：高147厘米
估　　价：人民币1.8万元－2.5万元
成 交 价：
拍卖公司：太平洋
拍卖日期：2001年4月23日

图

版

总

索

引